诗词临潭

崔沁峰 主编

敏奇才
胡憬新 执行主编

作家出版社

目　录

秀美山川

【前贤留韵】

【时人吟咏】

风物大观

时代临潭

【时人吟咏】

中华诗词学会临潭行

序　言

　　传统文化是民族生生不息之根本。中华民族有延绵不绝、博大精深的五千年文明，其优秀传统必然根深叶茂、历久弥新，而且有着多姿多彩的表现形态，中华诗词即是其中之一。自古及今，诗词文化绵延不绝，在中华大地处处生根发芽而古木参天，临潭这块热土自不例外。数百年来，先贤用诗词描绘故土，歌咏生民，留下了不少绚丽的诗篇。中华诗词这朵民族文化之花在临潭绽放已久，它的馥郁芬芳和独特魅力，使后人不由自主陶醉其中。以至于学习之、传承之、弘扬之，已然成为临潭文化建设的题中应有之义。诗词文化也必然成为临潭文化典型优势之一。透过诗词，我们可以看到临潭悠久深邃的历史，更可以看到今天临潭波澜壮阔、奋发有为的改革开放宏图，以及脱贫攻坚、乡村振兴的奋斗历程。可以看到数十年来，特别是新时代以来，临潭社会各个方面发生的深刻变化和巨大进步，以及人民群众积极进取的精神风貌和和平安宁的岁月。

　　得益于中共临潭县委、临潭县政府对诗词文化建设的重视，当地出现了浓厚的诗词创作氛围，诗词之花在临潭大地娇妍盛放。这一大好局面的形成也离不开中国作协"文化润心、文学助力、扶志扶智"的长期倾力帮扶，临潭文学空前繁荣，临潭县也于2020年被评为"中国文学之乡"，临潭诗词创作也取得了丰硕成果。以洮州诗词楹联学会会员为代表的一批诗词作者笔耕不辍，诗词文化蔚然成风。临潭籍诗人的作品在《中华诗词》《中华辞赋》等诗词大刊上屡屡亮相，2021年更是由作家出版社出版了临潭籍诗人诗词合集《洮水流韵》。临潭县还有声有色地开展了一些经典诗文诵读、诗词格律知识进校园等诗教活动，并将诗词景观与美丽乡村建设有机结合，诗词文化得到了广大干部群众的喜爱和认可，临潭县也正在创建"中华诗词示范县"。

近年来，中国作协落实文学助力特色帮扶思路，已持续为临潭本土作家出版文学作品集十九本，培养扶持创作队伍，宣传推介临潭形象。鉴于临潭诗词创作浓厚的氛围，为进一步梳理临潭诗词创作脉络，展现诗词对临潭山水人文、时代发展的美好描绘，探索推进诗词助力乡村振兴和县域发展路径，我们及时收集整理临潭诗人们的作品，编辑了《诗词临潭》一书，以五个章节，全面展示了临潭丰厚的历史人文，秀美的自然景观，灿烂的民俗文化，蓬勃的时代面貌。该书是继《洮水流韵》一书之后，中国作协帮扶临潭打造、传播"文学之乡，诗词临潭"文化品牌的又一重点手笔，是对临潭诗词文化传承的又一次弘扬和小结，更是临潭诗人们拓展视野，在全县上下奋力推进乡村振兴大背景下，更好地以抒写生活、赞美人民、讴歌时代、凝心聚气为创作新起点，而展现出的最新一批创作成果。编辑出版此书，还意在用诗词的方式诠释临潭的时代精神，呈现临潭的山乡巨变，探索和展现文学如何与崭新的时代景观呼应，发挥新时代文学的社会功效。我们完全有理由相信，在这样持续的文化帮扶下，必将有更多的人，尤其是年轻人，会拿起笔来，长歌短吟，以诗词为媒，以更加优秀的诗词作品绘临潭美景，抒临潭真情，共谱临潭时代新华章！

在本书的编辑过程中，2022年9月，中华诗词学会周文彰会长一行到临潭县指导推进"中华诗词示范县"创建工作，并在中国作家协会社会联络部的指导下，与临潭县开展了全国性社会组织助力乡村振兴结对共建活动，来自中华诗词学会、甘肃省诗词学会和我县洮州诗词楹联学会的诗人们又联合采风，创作了一批描绘临潭山水人文时代发展的佳作，我们及时纳入书稿。其间，应临潭县洮州诗词楹联学会请求，周文彰会长挥毫为《诗词临潭》一书题写了书名，在此特致谢忱！

时代在发展，社会在进步，让我们继续为临潭的诗词文化注入新的活力，让我们期待更多具有鲜明时代特色、泥土气息的优秀诗词作品，讲临潭故事，树临潭形象。让更多的人通过诗词来领略临潭悠久灿烂的历史文化，秀丽的自然风光，浓郁的风土人情，让诗词临潭、文化临潭的形象更加亮丽，更具魅力！

崔沁峰

2022年秋于临潭县城

古韵洮州

九条设险：洮州古八景之一，时为洮州面向西北方向的重要关
隘所在。清代临潭诗人赵维仁诗作简注云："九条岭在丹巴族，
明时设险扼，以兵守之。"图片来源于清光绪本《洮州厅志》。

风云散尽留诗韵

张俊立

自隋文帝开皇十一年（591），隋改汎潭县为临潭县，临潭这一地名便相沿不废，至今已有一千四百多年了。如果从北周武帝保定元年（561）与洮州同时设置的汎潭县算起，则临潭与洮州治所长期合一，实为同起点，共源流，相始终。正因此，本是临潭古属洮州，而习惯上人们却总说临潭古称洮州。历代大量诗文，也将二者视为一体，不分彼此。可以说，临潭古属洮州，是军政建制隶属；洮州今属临潭，则是历史文化名片。而在这一称谓的历史变迁中，有多少悲喜话剧在这里依次登台，多少悲欢离合在这里反复演绎。或金戈铁马，或筚路蓝缕，皆可歌可泣！生于斯、长于斯、客于斯的人们，在这里留下了他们深长浓重的身影——在大地上，也在文字里。风云散尽留诗韵，沧桑多变，不变的是人们对故土的深深眷恋和缅怀历史风云的无限感慨！

包永昌

包永昌（1834—1911），字世卿，临潭县流顺镇宋家庄人。清光绪二年（1876）举人，三年（1877）三甲进士，赴广东先后任高要、新会、香山等县知县，崖州知州。二十年告假回籍。次年适逢"河湟事变"，筑堡救民，后为洮州莲峰书院捐银三千两，并对乡、会赴试者皆加资助。家有楼阁，藏书三万余卷，名画数百轴，古法帖、鼎彝百数十种，后皆散佚。所著《甘肃人物志》四十卷、《西圃迹稿》八卷皆毁于兵燹，今存《家训韵语》十则。清光绪三十三（1907）年，总纂《洮州厅志》。

雪夜忆李西平父子（二首）

潺潺洮水绕山城，上有丰碑星斗横。
战绩丙兴唐社稷，至今犹说李西平。

雪夜提师入蔡州，百年黑气一时收。
传家忠孝谁能继？叹息思公付故邱。

陈钟秀

陈钟秀（约1800—约1876），字辉山，号沧一老人，临潭新城人。清岁贡生，曾任岷州学正。为人方正不阿，博学多才，著有《味雪诗存》四卷，今存第三卷；另有草本墨稿《味雪诗逸草》一小册存世。

临潭怀古

孤城万仞扼边陬，访古西来雨乍收。
三尺孤坟悲马鬣，千年遗迹吊牛头。
丰碑半没荒苔满，故纸空存岁月修。
试上高原闲极目，乱山落日古洮州。

赵维仁

赵维仁（1822—1874），字伯纯，晚字心泉，号继园，临潭新城西街人。工诗画，精医学。清道光二十三年（1843）以明经中优贡，后屡试不第。遂绝意仕进，远游秦豫京华间，睹山川之雄峻，观人文之芬郁。清同治之乱间，避居洮河南岸卓尼土司境。同治十三年（1874），任灵台县教谕，同年卒于任上，年五十二岁。著有《继园诗钞》四卷，收诗近五百首。

李西平祠

青年曾记入咸秦，生长西陲更轶伦。
只手擎天开战绩，深心比海惧文人。
疑生圣主忘前日，福亚汾阳步后尘。
手拂征衣来酹酒，临潭我是故乡亲。

临潭旧址吊李西平父子

王公甲第久难稽，故里萧条望转迷。
钟虡不移清渭北，鸭鹅如沸破淮西。
天教两世除枭獍，我叹当时足鼓鼙。
丰业惟存青史在，乱山无如暮云低。

杨荫棠

杨荫棠，生卒年及事迹不详，今临潭县人。

三角城怀古

访迹登南岭，扶节望眼空。
荒城三角峙，断径一溪通。
徙倚倾垣上，徘徊遗迹中。
无人知往事，万古草蒙蒙。

佚 名

　　下面这首诗被传为1936年红军长征到临潭时朱德所作。从流传墨迹字体、落款及用韵看，都不会是朱德的诗。但是，这首诗真实地反映了红军长征到临潭并休整月余这一历史事件，也是目前发现的唯一一首与此历史事件有关的诗作。

红军长征到临潭

行上西北气昂然，长征万里实可怜。
抗日反蒋星夜度，为国跋涉到临潭。

张俊立

咏洮州历史人物（三首）

西平郡王李晟

年少英雄敌万人，军前一箭取酋身。

复京弭叛安唐室，谁比千秋社稷臣。

唐名将李愬

平淮雪夜建奇勋，缚得贼酋朝至尊。

家国千秋昭史册，关山戎马写梅魂。

明洮州卫都指挥使李达

镇守洮州四十年，将军威德望岩然。

中茶纳马开农猎，更兴诗书卫学传。

临潭咏史（十六首）

衣冠源远溯隋唐，地旷天高和众羌。
洮水一湾通首曲，建州应始贺兰祥。

荒烟冷雨世纷纭，雄主先来吐谷浑。
继有带刀哥舒将，听军报捷到辕门。

天纵雄才赞普王，诚迎公主奉唐皇。
锐锋吐谷势难及，挥骑来东试剑芒。

羊坝曾传石堡城，戍楼洮水夜寒声。
词人剑客高歌起，万里丰碑北斗明。

河北狼烟动地哀，洮西神策向东开。
山川百二凭谁守，吐蕃健儿驱马来。

天生李晟岂因朕，感泣德宗明圣衷。
万里纵横扶社稷，中流砥柱是家风。

宋师乘雾自天降，袭上洮城擒鬼章。
西夏联谋化乌有，诗碑纪颂证沧桑。

元祖平滇曾绝洮，金銮殿里帅旗高。
秋风吹尽了无迹，胡马至今余几毛。

石门金锁扼洮东，浪涌洪荒唱大风。
洪武远猷传圣断，凤凰山下卫城中。

中茶纳马开农猎，兴学诵诗传儒风。
李达勤劳事王事，女儿贤德口碑中。

江淮风雅浸洮流，路远花儿唱未休。
耕读传家风俗厚，旖旎八景颂千秋。

辉山味雪继园知，都唱春花更乱离。
太白才情杜陵调，秋风满地和吟诗。

武昌一举意图强，漫道中华帝运亡。
兵祸匪灾民国事，哀鸿遍地太仓慌。

英雄逐鹿战中原，西徼强人频扯幡。
志乘楼观灰烬里，蚁民泪尽向谁怨。

红星也照古洮州，北上途中作暂留。
有志从戎思报国，男儿热血碧还稠。

百年魔怪舞终休，收拾山河岁月稠。
净土蓝天诚可待，西倾洮水绕金瓯。

牛头城怀古

辽西万里度洮西，吐谷浑王征鼓鼙。
已逝英雄云梦远，惟存古堡夕阳低。
金戈铁马河山壮，秋月春风花鸟啼。
沧海桑田城郭下，千家刍牧共扶犁。

马锋刚

流顺红堡子

红堡苍苔老，风霜六百年。
皇恩存卷旨，代代有垂传。
家土长持守，江山几易迁。
新时七十载，遗筑护能全。
不用翻陈谱，屯边史炳然。

观磨沟遗址有感

乡音长绕洮河岸，千载文明在九泉。
穿越时空凭远古，古人见我应茫然。

牛头城怀古（二首）

斜阳如血洒古城，兀兀残垣说辱荣。
读尽英雄多逐鹿，犹疑耳际剑枪声。

悠悠传响有来由，遗迹归田百亩畴。
遥想慕容歌舞地，沧桑烟雨已千秋。

洮州卫城

古墩烽火戍洮州，多少边兵若水流。
肥草满山残壁老，薄烟盈树晚风柔。
峨峨銮殿苔生瓦，历历长征路运筹。
岁岁龙神端午赛，如今旧话说无休。

石文才

题牛头城

洮流永向东，古堡垒营空。
战火硝烟黑，斜晖热血红。
残垣明铁骨，断壁显豪雄。
旧迹今犹在，牛头驾绿风。

窑头三角城

城形三角果奇闻，断壁残垣古迹存。
绿草全遮烽火貌，青苔尽覆燧烟痕。
稼禾苗壮繁原野，桃柳娇柔掩院门。
昔日金戈戎马地，而今致富小康奔。

羊化桥

羊化栈桥今已空，雄师北上为初衷。
红军过后留思念，马匪追来断彩虹。
天地光华铭气概，春秋岁月记勋功。
缅怀英烈承遗志，圆梦图强唱大风。

洮州卫城

西陲锁钥古洮州，历代开疆伟业酬。
大石坟碑铭史册，城头海眼话春秋。
汉唐建郡文宗在，鞑靼王宫胜迹留。
步躞台阶怀往事，欣看旧殿换新楼。

总寨西番沟石谷台

灌木苍松搭绿亭，危崖耸峙挂云旌。
仰头不见雄鹰过，俯首偏闻溪水鸣。
明月千秋台上炫，巉岩两丈石中英。
诗文只署无名氏，有待今人细考评。

访黑松岭古堡遗迹

野草萋萋掩柳营，残垣断壁阵风鸣。
破砖已见苔生锈，碎瓦犹闻雨洗兵。
莫谓闲愁伤往事，且欣乐意促农耕。
身边大道通今古，一样沧桑两样情。

玉蝴蝶·牛头城

扑面朔风寒峭，巍然古堡，墩已凝霜。正值初冬，花木暂卸浓妆。牛头傲、蟠霄天矫，遗迹在、千载荣光。远相望，四围空阔，孤隼高翔。

难忘，雄关百丈，居高临下，燧烈烽茫。吐谷营前，两军厮杀断人肠。有谁知、血泥成紫，今只剩、断壁残墙。看前方，古庵金瓦，辉熠斜阳。

李 锐

参观老红军李炳文遗物有感（二首）

众口相传记忆珍，镰刀斧子闹翻身。
留存遗物凝豪气，佐证无言励后人。

卓著功勋李炳文，英雄故里出红军。
乾坤一战阳明堡，勇士当年震耳闻。

洮州会议纪念馆

彩绘山门耀古城，龙翔屋脊势恢宏。
登阶倍感豪雄气，侧耳犹闻战鼓声。
决策英明成转折，方针北上久驰名。
运筹赖有朱元帅，赓续精神万里程。

黑松岭潘仁美坟址

寻砖问土有无根，遗臭千年到子孙。
悔为佞臣人耻笑，荒山秃岭伴孤魂。

胡憬新

洮州边墙（三首）

辛苦寻来亦渺茫，青山明月古边墙。
秋风咏唱三朝事，一曲低回一曲长。

山伏千秋适莽荒，地横连脉大文章。
边墙迤逦归何处？一望龙蟠入夕阳。

索贯东西洮水通，千秋横亘势如虹。
行来犹见残烽矗，似说沧桑日影中。

登洮阳（二首）

危崖还似望江楼，适此登临一望愁。
红叶青霜来浅浅，白云苍狗去悠悠。
洮河九转羌中梦，边草千回汉塞秋。
阅尽古今唯寂寞，黄花瑟瑟满濒洲。

山河一望莽苍中，关锁洮流古不空。
后阕新词翻后主，西平宝剑吼西风。

醉歌君相曲江畔，闲老英雄陇坂东。
百世筹谋从此绝，万年乡里夕阳红。

李家坟

洮州控踞陇西雄，名宦高闻李达公。
遂向穷羌传政化，便教冷塞沐春风。
诗书百代人才秀，禾稼千山杏雨融。
慨叹于今无庙祀，空留草冢翠烟中。

登八木墩望洮阳故垒

斗柄南横日月浮，山形未遏水东流。
三朝奇气洮阳垒，百代风云故国秋。
销铁宜从文物看，残烽可向史篇收。
幸今四海无龙战，不用书生侍列侯。

牛头城怀古

塞角边声已渺茫，凭高怎寄古今伤?
梦空梦遂山川寂，人去人来客主忙。
落日残烽塬上麦，西风废堡陇头羊。
生民岂意兴衰事，不绝千秋是此乡。

瞻洮州会议纪念馆

城隍不祀纪元戎，因解民悬最足功。
正道沧桑龙血黯，山河鼎定国旗红。
繁华尽沐清明雨，恶俗还防渎贿风。
且拾初心勤拭问，可藏污浊愧朱公？

军过洮州（排律）

一望故洮州，空烟挟雨流。
红旗曾猎猎，墨册久悠悠。
龙战山河破，鸡鸣黎庶愁。
千门无瓦釜，卅载废农畴。
马列惊雷起，中华志士稠。
强声传画舫，阳旭照金瓯。
首举南昌郡，鏖兵湘赣丘。
长征擎火炬，急难抗雠仇。
草地狂澜挽，川西正道谋。
朝晖弥古镇，赤帜映街楼。
会议开隍庙，蓝图绘壮猷。
颂由饥者口，怒发苦儿头。
僻壤乾坤异，穷乡日月浮。
贫民权霸丰，子弟甬甯鍪。
念念亲人去，哀哀我思惆。
精神从此继，取义不言休。

莺啼序·洮州卫城

望中凤山扑翼，掩帘云幕雨。乳纱绕、横郭连城，迤逦龙伏东去。晓钟振、余丝袅袅，重檐隐隐金琉踞。见常门、飘渺人烟，织斜如缕。

幼雀喧枝，老犬吠巷，傍垂杨住户。婉相谑、对笑闲窗，料应茶饭夫妇。日初耘、田间麦豆，夜深教、灯前儿女。细听时、半是西音，半为南语。

街间侃谈，垄上歌谣，道传说旧故。恰太祖、靖疆雄略，缚手迁来；惨水愁山，陇尘番雾。江淮士卒，洮河屯戍，千秋皓首望明月，盼皇恩、期日临边土。风云散处，伤了过眼繁华，忍了百代迟暮。

升平盛世，市列珠玑，问遗风在否？记昔日、方巾济楚，卫学诗书；鬟角榴圆，凤头鞋竖。生还梦断，遗民思浅，于今唯有春柳舞，叹乡愁、谁似前溪树！多情还展南枝，枉向东风，漫飞败絮。

沁园春·卫城古韵

欲暖还寒，蛩音不响，柳絮未扬。正龙城东走，炊烟飘渺。凤山北峙，冷雨苍茫。废石云堆，荒台草浅，星点春痕泥径长。清明过，恨司神慵懒，空负韶光。

行来倍觉凄凉，忆旧事千秋更断肠。念离歌声咽，吹梅笛怨。泠风似水，寂月如霜。徙客思心，役夫归梦，飞上峰头望故乡。前人苦，使后人到此，无语彷徨。

【正宫·小梁州】洮州

前唐故垒陇边秋，望断吟眸，青峰不尽雨云收。光阴久，往事念悠悠。〔幺〕天生一派江山秀，有英雄百代风流。碑损残，城荒瘦，空余洮水，依旧绕寒洲。

散曲小令·边墙怀古（二首）

双调·折桂令
风吹岁月成沙，湮去悲笳，种下桑麻。不见秦皇，无闻姜女，只有人家。史泪盈盈欲洒，生民息息堪夸。拼取繁奢，留住清嘉，兴我中华。

正宫·塞鸿秋
望中唯见遮山雾，行来遍是蚰蜒路。秋风飒爽吹晨露，边墙寂寞无言诉。英雄何处眠，生死何时悟？伤心且问前溪树。

李 凌

拜谒洮州会议纪念馆有感

长征播火到临潭，为解民悬作伐戡。
风雨如磐寻坦道，江山领异有肩担。
雄师秣马丰粮草，大局推棋试目耽。
雪耀岷山新气象，宏图夙愿染晴岚。

丁海龙

洮州卫城

身登翠盖仰云烟，幻听卫城烽火前。
秋色断蓬今尚在，孤鸿残雨掠山巅。

林彩菊

清明节缅怀石门口红军墓

罗列奇峰傲劲松，峡间垂首谒英雄。
黄花香彻忠贞骨，洮水长歌先烈功。

洮州会议纪念馆六题

军　号
颈系丝绸色红艳，金光闪烁势恢弘。
平时从不轻言语，一喊千军万马腾。

煤油灯
一盏油灯立大功，光明炯炯雪渐融。
休言星火微如豆，却在人民心里红。

马　鞍
驰骋沙场踏硝烟，斩关夺隘自当先。
平除敌寇乾坤朗，卸甲依然思祖鞭。

石门口烈士纪念碑

滚烫热血洒洮畔，何惧为民献此身。

壮士青春依旧在，化成碑石励今人。

洮州会议纪念馆门前石狮

小城胜景眼前陈，祥和繁荣面貌新。

烽火当年驱匪寇，石狮不忘旧时人。

为四方面军送粮的农夫

队伍停留集镇中，村夫挽袖面从容。

聊将献上粮千担，证我农家情亦浓。

魏建强

八木墩怀古

每登烽燧自幽思，眼底山川倘旧时。
枕水通波邻七戍，攒峰成势列千骑。
层城月冷关河险，柳笛声残将士疲。
石堡战楼安可辨，年年荒草说谁知。

睹磨沟遗址有感

昨日闻名若震雷，于今蓬草掩高台。
儿孙欲解前人事，且请洮河入梦来。

武 锐

三谒李晟三绝碑

两度无缘留憾恨,三番待旦始成行。

天生良器黎民福,国出英才祸乱平。

子愬父钦皆显勇,裴文柳笔共扬名。

如今东渭无桥迹,乡党犹传李相兵。

俞文海

洮州古城

一去光阴数百春，人间万事尽成尘。
古城岿伟今犹在，英烈千秋祀作神。

流顺古堡灯山楼

灯山为阁立城头，阅尽风云数百秋。
欲问屯田何代事？明皇圣旨至今留。

窦玮平

远眺牛头城遗址

极目无边古占川，远村近树笼轻烟。
牛头故堡屯军始，多少英雄入土眠？

党春福

洮州边墙

寨堡烽台遥互见，角墩马面近相连。
边墙几度关山月？风雨沧桑六百年。

李玉芳

洮州卫城

几处烽台静，一泓云水悠。
花儿歌往事，书写古城愁。

洮州边墙

缕缕青云万点柔，老城残壁鸟啾啾。
且将霞色作金甲，壮志犹存梦未酬。

王玉喜

卫城金殿（新韵）

百年风雨百年城，大殿辉煌气势宏。
自古见多争战事，金戈铁马月明中。

铁城怀古（新韵）

浮波迭浪绕青山，千古文明罐瓦传。
四寨环居同命运，三军戈枕守边关。
长河峻岭今犹在，故垒荒台已渐湮。
历史无常成代谢，铁城晓日换新颜。

赵辉煌

八木墩怀古

孤城一望遥天暮，木落寒山正值秋。
万丈叠峰残雪在，千年古渡暗云收。
烽台半没黄埃里，锈迹空留断剑头。
秦汉烟尘今已远，徒存荒垒乱悠悠。

包广德

洮州会议纪念馆忆史

云淡天高霜始落，红军跋涉到洮州。
卫城秣马暂休整，金殿展图重运谋。
大计应从仍北上，长河岂肯向西流。
丰功伟绩载青史，红色精神传壮猷。

秀美山川

莲峰耸秀：洮州古八景之一，莲峰即陇上名山莲花山，主峰位
于临潭县八角乡境内。远望群峰之巅，昂首天外，如含苞欲放
的莲花，故名。因其风景雄秀，冠洮州古八景之首。图片来源
于清光绪本《洮州厅志》。

江山胜迹陶性情

——记临潭十二景

张俊立

    唐孟浩然诗：江山留胜迹，我辈复登临。山光水色，人文胜迹，因其发人幽思、启人心智、陶人情性，向来为人所留连。中华大地，自古府州县邑，推崇八景之说，题诗赋笔，代代不绝。地方自然风光，人文胜迹，因而广为人知，令人向往。方志载之详矣，俱为一地风雅佳话。洮州八景，由来已久。见之史籍，始于明代邑人张誌志所撰《洮州卫志》。昔贤题咏，墨迹历历。然时移世易，陵谷变迁，历代所咏，题目不尽相同。其景或有名实不尽相符并不足取者，或有荒废无可考稽者，抑或因往日交通险阻，限于一时见闻，长期湮没无闻者。已故临潭宁文焕老师曾撰《洮州八景的变迁》一文，备述其事。今有洮州诗词楹联学会众友集思广益，推陈出新，倡议十景，私心深许之，遂不揣愚陋，逐景述其概要，并各附七绝一首，以记其胜。随后复又私益两首，遂成如下临潭十二景观。

莲峰箪秀

    陇上名山莲花山位于临潭县八角乡境内。远望群峰之巅，昂首天外，如含苞欲放的莲花，故名。因其风景雄秀，冠洮州古八景之首。莲花山山脉逶迤，气势磅礴；峭壁千仞，直插云霄。松柏参天，花香遍野。绝崖悬径，惊险万状。每年农历六月初一至初六，盛大民间"花儿"会在此举行。届时，周围三地六县群众自发前往，花海人潮，山光水色，林海松涛，令人流连忘返，乐而忘归。诗云：

青峰秀出重霄外，九瓣莲开王母台。
百里洮州形胜地，曾看仙驾彩云来。

冶海冰图

冶海，位于临潭县冶力关镇与八角乡之间。因传闻与明初开国功臣常遇春有关，故又称常爷池。属高山溪流和地下水汇集而成的天然堰塞湖。每当初春夏秋之际，碧波荡漾，翠柏悬崖，青山倒映，令人心旷神怡。但到数九隆冬，冰封湖面，冰层又现水晶迷宫，宝塔楼台，山川人物，百工器物等等，所有自然万象，无奇不有，因称"冶海冰图"。亦为洮州古八景之一。更有周围藏、汉、土族群众将其视为神湖，每年农历五月二十八日前来祭祀，并在此地举行赛马活动，盛况空前。有诗叹为神奇：

天高地迥八荒外，亿万斯年三界行。
阿母何时遗宝镜，瑶池景象太峥嵘。

十里睡佛

位于临潭县冶力关镇。实为一青松翠竹十分茂密的险峻山峰象形，长约十华里。睡佛头西足东，仰面静卧于冶木河畔。身体面目轮廓十分清晰，姿态舒展，神态安详，头饰璎珞俨然。每当皓月当空，或晨曦初升，光线朦胧，形态之逼真，异乎寻常。而当日向中天，或是夕阳斜照之下，又酷似头戴铁盔、身着铠甲，表情刚毅的将军，仰卧大地，面向白云长天，故又被称为"将军睡千年"。有诗赞之曰：

　　璎珞头盔俏十分，青山似佛似将军。
　　身横天际岚烟远，长枕碧流望白云。

冶峡画廊

　　二百里冶木河，自西而东，穿过临潭县冶力关镇，以此为中心，形成十里深谷幽峡。千峰万转，高插云天。苍松翠竹，倚壁云端。清流急湍，奔泻其间。峡之左右，串珠带玉，另藏奇景林海黄捻子、幽深赤壁谷、神奇阴阳石、沧桑麦积、恶泉飞瀑等。春夏花香鸟语，秋来色彩斑斓，冬则琼楼仙府、粉妆玉砌。四季美景，丹青难比。同样有诗叹为神工：

　　山回水转竹溪幽，百里翠峰云尽头。
　　千尺苍松横绝壁，春花秋叶梦中留。

朵山玉笋

　　洮州古八景之一，位于临潭县新城镇城北十里。为朵山梁顶石峰旁一兀立石柱，亭亭独秀，宛然一出土春笋。而其锋棱嶙峋，高擎苍天之势，又令人顿生敬畏，周围山场订阔，草丰花妍。每年端午节期间，临潭盛大的龙神祭祀活动中，还要将十八位龙神抬至这里举行一番祭祀，然后在城内进行各项祭祀活动。因朵山距洮州明代卫城仅十里之遥，山南有明仁宗皇帝贵妃及其父兄一、洮州都督李氏数代墓葬，初系明廷工部奉旨营造。亦有诗一赞：

擎天立地一金刚，荒岭雄姿阅浩茫。

纵令错将芦笋比，自成风景自昂藏。

卫城金殿

明代洮州卫城及城内隍庙，位于临潭县新城镇。明洪武十二年西平侯沐英、大都督金朝兴督工筑城，曾得到当地藏族土官头人协助支持。全城跨山连川，依地势而建，气势雄伟壮观。南门及其瓮城尚在，东、西、北仅余瓮城，城门于20世纪50年代拆除。城内外墩台累累，烽燧相望；城内街衢、民居及服饰，多有明、清江淮遗风。卫城是在三国魏时旧城垣基础上筑成，属目前甘肃省保存最大、最完整的明代卫城。这里也是明、清以及民国时期洮州卫、厅、县治所，是当时甘南地区的政治、文化中心。

新城隍庙高居城内北端台地，巍峨庄严，俗称"鞑王金銮殿"。相传宋时吐蕃鬼章王、元时忽必烈都曾居此。明初开国元勋徐达、常遇春等十八位大将，被称为洮州十八路龙神。现每年端午节期间，都要将其塑像从四路八乡本庙轿抬至隍庙，祭祀祈祷，并演出洮州"花儿"，通宵娱乐。端午节已成全县最大规模的民俗文化活动节日。1936年8月，红四方面军长征到达临潭成立的"苏维埃"政府及后来的抗战忠烈祠、解放初临潭县人民政府，均设于此。城内至今仍保持着逢十"跟营"的明代遗风。有诗咏道：

城若苍龙低复昂，跨山越岭绕边荒。

元戎勒马开金殿，万户炊烟度夕阳。

石门金锁

洮州古八景之一。此处一对青峰峙立，直插云霄，宛若天然巨阙。洮水蜿蜒奔来，束流而入，便是重岩叠嶂的百里九甸峡，风光更为旖旎险峻。而当皓月升空，现于峡半，恰似一把金锁悬于石门之上。昔日石门扼交通要径，石门峡内上下游多由绝壁栈道沟通，至今遗迹历历。著名中国四大名砚之一的洮砚即出于石门下游不远的喇嘛崖，史载洮砚开发始于宋王韶收复熙和之时，至今已近千年。现九甸峡电站蓄水，甘南、定西、临夏三州数十县多收水利灌溉之利。但见石门峡内，玉带温润婉转；石门口前，更是碧波万顷，鱼跃鸢飞。卓尼县洮砚镇与临潭县石门乡分处东西两岸，一桥飞架，天堑早成通途。有诗赞曰：

> 天设石门千万秋，洮河浪急旅人愁。
> 今朝金锁悬高坝，波润陇原三五州。

侯显故里

世人皆知鼎鼎大名的明代航海家、外交家郑和，殊不知曾任郑和副手的侯显亦非等闲之辈。他两随郑和下西洋，奉旨五使西藏，三赴南亚，为促进明王朝与西藏及诸邻国的关系贡献巨大。《明史》有传，赞其"五使绝域，劳绩与郑和亚"。晚年乞归故里洮州流顺，在当地一处旧寺卝筑寺静修，授该寺世袭僧刚和国师，其寺今称"侯家寺"。寺位于今临潭县流顺镇，背倚高岭山，面向流顺河，白墙金瓦，青山绿树，一片祥和宁静。而坐落于不远处流顺川的红堡子，其始为明洪武年间奉旨到洮州招军屯田、驻守防御的刘贵所筑。刘贵卒，其子刘顺袭职，刘顺后遂衍变为流顺。堡子今仍完好，刘氏后代世居其中，民居一如其初，成为当地一道别样的风景，与侯家寺一道随日升月落，年复一年，引人遐思。且看：

玉带长流高岭前，真僧开寺在何年。
西洋卫藏功成日，王使归乡住梵天。

洮水流珠

洮州古八景之一。每至隆冬季节，洮河流水便凝结成珍珠般的冰珠，冰珠颗颗溜圆，晶莹剔透，各自独立，并不冻结为整体，或相推相涌，或各自浮沉，顺流而下，历来被称为奇观。洮河流域之碌曲、卓尼、临潭、岷县、临洮都将此景列为境内传统一大景观。自来以诗赞之者甚多，其一曰：

颗颗冰心润玉姿，凌波涌浪出龙池。
天寒地冻物华少，洮水平添景色奇。

迭山横雪

洮州古八景之一。在临潭南百里许，卓尼与迭部交接处，迭山横空出世，亘立天际，千峰嵯峨，万仞壁立，终年积雪皑皑。山顶有双峰峙立，宛如天门石阙。从临潭登高南望，雪岭排空，与白云混一，常常难辨彼此，极为峥嵘。此景之天际雪岭虽地处迭部县境北，但其景象只有从临潭登高远眺，才极显壮观。纵目之际，诗涌胸端：

千峰万岭势峥嵘，遥望南天起石城。
雪映白云浑一线，春风到此枉多情。

鹿沟叠翠

位于临潭县术布乡境内洮河南岸鹿儿沟。沟内松林茂密，青翠葱郁。处处古木入云，新枝缭乱。野花缤纷悦目，花香沁人心脾。徘徊瞻眺，但见松涛阵阵，清溪潺潺，鸟鸣啾啾，白云悠悠。三五藏舍，散处其间，宛然世外桃源，令人神驰。现已成为度假避暑、休闲野炊的绝佳去处。漫步其中，但见：

树树繁花自烂漫，调音红雀也关关。

番装农妇正耘草，绿水青山云往还。

古堡斜晖

位于临潭县古战乡与卓尼县阿子滩乡交界处。为北魏时期吐谷浑所筑之洮阳戍遗迹。堡在蜿蜒缓岗之上，分前后两半，前小后大，状似牛头，故又俗称牛头城。今城垣轮廓残垣尚在，前后城之间的内城门阙口依然完整。由于城堡凭山斩沟，左右两侧及前方俱为开阔平川，居高临下，墩台烽燧，遥遥相望。每当斜阳落晖，纵目眺望，前方古战庵飞檐金瓦，熠熠生辉；而牛头城残垣断壁，夕影斑驳，在平畴绿野、烟树迷离之中，不胜苍茫之感。人生百年千秋，览此能不慨然：

烟雨微茫吐谷浑，洮阳古戍迹犹存。

阿豺折箭留余梦，落日山头望断魂。

赵廷璋

赵廷璋，生卒年不详，清临潭县人。清乾隆十八年（1753）癸酉举人。事迹不详。

洮州八景（选三）

鹤城晓日

杲日周天际，晖流古戍城。
春寒啼鸟急，露重落花轻。
云树千丛翠，烽烟万里清。
夕阳临眺处，水寺晚钟横。

黑岭乔松

层峦名黑岭，郁郁产乔松。
孤干岚光霭，深山晚气浓。
朔风疏劲节，暮雨洗苍容。
合共烟霞老，悠然淡远峰。

临潭李社

指点临潭道，流风话故家。

大勋留汗青，遗碣认涂鸦。

唐室人千古，山城水一涯。

归途桑柘外，箫鼓夕阳斜。

陈钟秀

洮州八景（选二）

西平丰碑

吊古荒原落照晴，丰碑高耸署西平。

孤坟千古忠魂香，剩有春风野鸟鸣。

石洞悬乳

敲金戛玉响玲珑，滴出芬芳味不同。

此是先天真玉液，烹茶我欲坐松风。

赵维仁

洮州八景诗（选四）

临潭古社

临潭，唐时旧治也，西平王李晟生于此，见《唐书》。地在旧洮西十余里，有哥舒大夫碑，今移旧洮城上。或谓即古儿战，或谓即牛头城。地因五代时为吐蕃所占，今已失考。

临潭旧治溯三唐，吊古人来感慨长。
雉堞已残春草绿，螭碑空对暮云凉。
村边鸟啭余乔木，陇畔牛归认战场。
何处西平留故里，变迁陵谷总微茫。

九条设险

巩秦阶志云，九条岭在丹巴族，明时设险扼，以兵守之，所以防劫掠也，任斯土者宜深留意。

由来设险在山谿，郑重九条障庶黎。
中土难容胡牧马，重关须赖将封泥。
烟销紫塞无毡帐，月暗丹川急鼓鼙。
扼要宜筹方略定，三农到处好扶犁。

西倾禹迹

禹贡注云，西倾在今洮州卫，桓水出其南。在雍州，以西倾、朱圉、鸟鼠连类言之，三山相去必不太远，明系洮州境内之山。而西倾因桓是来句，又载在梁州者，以桓水发源于西倾之南，其流实不入洮州地。今之洮河确然非古之桓水，而桓水南入于阶州界。禹贡注云，梁州，今云贵、汉中、阶州皆是，桓水之入阶州容或有然。

刊奠功从绝域收，西倾贡道纪梁州。
水环碧嶂通丹日，人想元圭锡命初。
比岸山高林霭重，悬崖石老斧痕留。
惜无岣嵝神碑在，永把鸿文志大猷。

东陇阳辉

东陇山在城东，新修洮州碑记云，明永乐二年，平姜壤之乱，筑城于东陇山之阳。然则东陇山即红崖以西诸山及凤凰山皆是，洮州旧志载之，然景殊平平。

东陇萦回近郊圻，天开霁景映芳菲。
千重树色迎朝旭，万叠山岚对落晖。
彩接丹崖照凤翥，光分金背认鸦飞。
城楼几度凝目望，一抹红霞满翠微。

王英武

王英武（1916—1992），名占义，临潭县新城镇红崖村人，民国时期任职临潭县政府财政科职员、建设科科长等，生前系甘肃省书法家协会会员。

石 门

洮水云中来，千里展白练。
蜿蜒至石门，奇峰势不断。
无计越雷池，拥汇为浩瀚。
神龙惯见羁，掉尾南山崖。
山灵慑其威，权为开一线。
洪流豁然通，惊奔如逐电。
扬波入逢留，回首犹怒盼。

张俊立

冬暮过冶木峡（二首）

叠嶂齐天立，回风舞雪迷。
垂空暝色重，危石咽流低。

长松依绝壁，孤鸟宿深枝。
风雪远归客，苍茫过峡迟。

途经长岭坡望朵山三题

朵山玉笋
亭亭立山表，擎露自何年？
此地神仙会，应开玉笋筵。

神 龟
神龟踱岭岗，翘首望滇沧。
海浪何时返，痴痴问夕阳。

石 兔

独出广寒宫，苍茫化石峰。
嫦娥应太息，玉兔又无踪！

术布九眼泉

山出琼浆落碧崖，凝阴冬日作凌花。
夏风吹过洮河岸，坐享太和烹玉茶。

冶力关四题

将军崖

将军睡佛共一峰，风烟落照变身容。
万方仪态凝目处，冶木河声响万重。

姊妹峰

亭亭并立倍相亲，碧玉仙姿隐谷深。
惯看落霞听万籁，清风明月绝纤尘。

恶 泉

洞生深峡行云壁，万古悬河漏海堤。
名是恶泉猜未透，山神故事总成谜。

赤壁幽谷

十里丹崖开画境，峰峦列队竞相迎。
天荒地老留神迹，幽谷仙灵别有情。

羊永响水泉

响水坡前听响泉，声从地底透山传。
清流滋润一方土，时享太平人永年。

店子王清洞即景

丹崖古洞小溪前，绿树白云望碧天。
山鸟轻风听软语，何人吟咏过村边。

术布鹿儿沟

苍天古木拂云行，百草千花众鸟鸣。
人住山间松荫下，风吹幡动碧溪迎。

七律题临潭十二景（选五首）

冶海冰图

高峡平湖此为奇，冰图万状胜瑶池。
山川花鸟同呈杰，杨柳楼台各有姿。
本是严寒萧瑟处，偏惊造化陆离时。
一瓢灵气沧溟水，冬露峥嵘世莫疑。

冶峡画廊

一溪奔快汇清流，万壑千岩百转幽。
倚壁长松入霄汉，翔空高鸟恋芳洲。
四时苍翠荣终岁，一季斑斓绚晚秋。
窥谷望峰常忘返，时人行过每神游。

朵山玉笋

亭亭玉立守苍山，铁骨崚嶒许补天。
料是此身应有益，岂知彼世却无缘。
天荒地老还难弃，日落月升相与传。
岁岁端阳闻社鼓，洮州城外共风烟。

迭山横雪

迭山亘古矗云霄，势倚昆仑天际遥。
万里星光明易灭，千秋雪色积难消。
白云远接秦和陇，碧水平分迭与洮。
世外桃源无觅处，石城绝景引人潮。

洮水流珠

西倾洮水阅奇传，冬日流珠颗颗圆。
一片冰心千里路，万重云岭九层渊。
前生明月昆仑玉，今世蓝田沧海烟。
临岸观澜应有术，方波曲折媚山川。

马锋刚

大岭山春行

云根春色暗，林表雪堆痕。
晓籁惊山鸟，枝寒只断魂。

莲峰笋秀

上得山来六月初，游人蚁涌意如如。
心头夙愿额头汗，一阵松风已凌虚。

冶海冰图

谁把汪洋如绘事，寒波淼淼也生华。
常惊一夜神功已，万象冰图称奇葩。

十里睡佛

五蕴皆空现法身，长眠灵地度凡尘。
河声依旧山风晓，梦入洪荒一万春。

冶峡画廊

云开峰出势能飞，野岭霞光接翠微。
一步一幽千段境，曲溪百转学肠回。

朵山玉笋（二首）

笋根破土欲擎天，势拔云头历永年。
危石安能拴骏马？岩苔梦雨碧如烟。

孤夜沉沉立朔风，籁生岩窍啸长空。
繁星点点天多眼，看尽人间景不同。

洮水流珠

云凝三伏满绸缪，万斗冰丸或可收。
谁信天公常戏谑，藏来入九放波流。

鹿沟叠翠

生云山外碧连天，雨霁林新响杜鹃。
深壑藏溪流翡翠，携春骑鹿可成仙。

旗布林卡

卧松横水或为桥，微步兢兢过夕朝。
云起山溪谁坐看，潺潺野籁去迢迢。

范家嘴阳坡见怪石

诗侪有约采山风，山色初晴百草丰。
乱石见人遂起卧，各持奇相隐蒿丛。

赤壁峡谷

层层岩壁映丹霞，万象呈形岚似纱。
怪石参天何敢近，羊肠曲径任清遐。

黄涧子

满耳松风起碧涛，山泉乱瀑赴林皋。
明台积久千尘净，一路清幽去瘁劳。

八龙墩

自从烽火余灰尽，兀立春秋共日长。
看尽人间兴废事，迎风戴雪送斜阳。

暮冬途经大岭山

晴雪满山云淡远，林深路曲驾姗姗。
号鸣惊落松头玉，饿雉疾飞彩羽寒。

长岭坡冬行

一程长岭一程风，岁暮寒山映碧空。
游牧醉心唯啃雪，雪中滋味应无穷。

三角石

搭弓金镞射天狼，齐发三支力满张。
游客惊余浑未解，谁知其里有文章。

石龟攀天

何年成志要登天，举步悠然总向前。
昂首云中常有进，三生只为一修缘。

洮州北路美人岭二绝

寻得松林树树春，难为诗句半行真。
长疑造化无神处，关里绵山卧美人。

被霞盖雾生香梦，梦醉千年未醒中。
羞教游人千百顾，时将夜幕挂苍穹。

迭山横雪

长岭登秋南极目，苍穹环外自云根。
一行雁字划天幕，万叠层峦出石门。
烟际亘横千载雪，山头兀立百年墩。
凉风吹透衣衫薄，偶得闲心素意存。

闲游大沟池

晴风夏日几诗朋，百里驱轮又半程。
石兔孤岩休寂寞，山花野卉正繁荣。
溪头漫兴流清韵，甸上轻斟举浅觥。
此地静幽啼鸟处，群峦抱住一清泓。

初夏徒步阿角沟

初霁晨光露气浓，荷馑策杖已从容。
撩烟拨雾寻幽曲，探赜聆松采蓊茸。
乱石潺湲流翡翠，深林宛转走蜈蚣。
青苔斑影间明灭，但见云霞卷碧峰。

夏游旗布一线天

晴日游山兴致浓，弃车徒步访葱茏。
沿溪听水寻源处，顺栈观风逐旅踪。
激水奔雷悬涧瀑，泠风怒石立屏峰。
夹成一线云天扁，神会之名眼是庸。

八声甘州·长岭坡阳春访杜鹃

遇阳春野兴已难收，长岭物华柔。驾铁驴就往，
青罗帐里，地土酥油。身寄清华静界，此地不容愁。
相聚初红泪，笑水涓流。

又是新知旧故，见风姿绰约，略见娇羞。最寒冬
独秀，红翠四时幽。想如今，难能幽处，更有谁，为
素志闲修。长风里，星光夜阑，聪耳悠悠。

石文才

朵山玉笋

玉笋立苍穹，英姿万古雄。
腾龙生紫雾，舞凤驾祥风。
举步登天界，抬头及太空。
何时曾系马，稽首问仙翁。

莲花山

云霞作藕石为莲，耸秀仙姿傲九天。
万仞崔嵬青岭峻，千层峦嶂翠峰坚。
紫霄瑞气弥香客，金顶祥光照水帘。
盛夏来临人浪涌，银喉金嗓唱丰年。

登莲花山

有缘览胜上莲山，风舞长襟抱自然。
耳畔松吟狂想曲，足边瀑奏大和弦。
银蛇倒退勤攀壁，紫鹃翻身苦涉巅。
玉阁峰高堪四顾，云蒸霞蔚恍如仙。

游冶海

湖面微风送夏凉，峰峦倒影碧天长。
牛羊饮渴归芳草，鸟雀带波飞艳阳。
岸树有声疑露雨，浪花无际胜潇湘。
飘然快艇游程尽，绮梦萦留秀水乡。

别冶海

冶海回眸浪跃金，奇山秀水几登临。
峰如卧佛圆禅梦，池似玻璃映素心。
叠彩栖霞仙境杳，伏波隐月岸岩岑。
依依返路频回首，胜景牵魂倍恋吟。

十里睡佛（二首）

冶木清波毓秀山，神工鬼斧自天然。
嶙峋叠嶂成雕像，峻峭层峦结佛缘。
广额慈腮颊骨拱，浓眉长睫发须全。
光华璀璨洮州地，璎珞禅珠缀颈前。

巍巍卧佛态悠闲，托雾披霞静悟禅。
长峡舒身催绮梦，喜泉濯足促安然。
东西嵯峨十余里，南北逍遥一线天。
宇造洪荒稀世景，旅游开发着先鞭。

冶峡画廊

冶水奔流急向东，驱车越峡过迷宫。
奇峰恰似黄山秀，险嶂犹如华岳雄。
绝顶苍松遮丽日，巉岩瀑布吐飞虹。
才疏自愧难描绘，索性沉酣画境中。

夏日过冶木峡

驱车百转晓风轻，恰似潜身画里行。
破雾追云观美景，穿山越洞听回声。
虽无仙乐奏天籁，却有层林飞鸟鸣。
冶峡长廊游客醉，花香水秀万般情。

过长岭坡观朵山玉笋

立地擎天气势雄，危崖峭壁锁仙踪。
蜿蜒长岭贯千里，竦峙巉岩意万重。
雾海朝岚蒸玉笋，烟霞晚照落丹峰。
久离故土心牵挂，犹忆朵山稀世容。

冬日观洮水流珠（二首）

百转千回出隘隈，清波激滟运珠来。
重重礁石封冰锁，浩浩洪流劈峡开。
爱泽山川生锦绣，恩滋雪域净尘埃。
钟灵毓秀洮河水，仙女抛珍下玉台。

珠玑亿斗入洮河，剔透晶莹涌浪波。
日照冰涛明耀眼，风吹雪柳现婆娑。
银龙昂首吐寒雾，玉凤呼春唱暖歌。
洮水神奇千载颂，流珠熠彩世无多。

迭山横雪

登高极目眺南山，素岭琼峦万仞间。
雪覆危峰披玉甲，光照绝壁佩银环。
涧溪明暗流千里，石径沉浮过九湾。
四季炎凉容不改，冰心一片照人寰。

石门金锁

洮流喜聚石门东，雪域江河一脉通。
碧浪清波神竞秀，奇峰怪嶂势争雄。
半轮皓月明潭底，万壑松风入太空。
幸有平湖呈宝镜，何须解锁问苍穹。

鹿沟叠翠

花妍林畔绿漫溪，翠岭青峦绕彩霓。
斜出疏枝山果艳，静依峭壁草茵低。
苍松阔目心随远，幽径怡神客自迷。
蝶舞蜂忙莺燕啭，荷锄人下鹿沟西。

大岭山

密草深林翡翠山，峰回路转白云间。
春风送暖松杨岭，细雨吟诗冶力关。
南北中分殊物候，沧桑巨变换人寰。
通途取代昨天险，不用长歌蜀道难。

车过黄涧子

一步奇观一步天，风光旖旎景妍然。
停车近见花间蝶，抚柳遥闻石上泉。
晓雾缠绵幽谷险，晴云缱绻翠峰坚。
漫游世外神仙境，净化心灵濯俗缘。

夏游玉清天鼓洞

曲径幽幽洞府通，轻风载我入仙宫。
灯花万朵莲台灿，壁柱千寻宝殿空。
俊美岩龛惊鬼斧，珍奇石桌叹神工。
世间佛窟无穷数，最是玉清天鼓雄。

登黑松岭标杆顶

夏登绝顶白云低，魂绕家山桦柳枝。
往事绸缪心带雨，情怀缱绻梦寻诗。
行听四野松涛吼，坐看群峰彩雾弥。
尽览洮州风物美，花儿一曲了相思。

蝶恋花·洮滨早春

冰雪消融寒夜短，问柳寻杨，二月春犹浅。小草
依稀身向暖，闲云拥抱南归燕。
且看梅花行夙愿，点点冰心，翘首凌风乱。飒爽
英姿花自绽，幽幽馥郁盈庭院。

踏莎行·又见黑岭乔松

碧草茵茵，苍松郁郁。青山怀抱森森绿。柏油马路九回旋，重回八景风光足。

造物无双，时空何独？而今黑岭开妍轴。饱餐灵秀赏乔松，伫看南北林如玉。

水龙吟·迭山横雪

昊苍遗落琼瑛，清纯妩媚寒光耀。粉容玉体，银冠素袄，冷妍永葆。腊塑危崖，霖滋溪水，雾缠云袅。向天门昂首，辉同日月，映霄汉，仙人笑。

素雅群峰相抱，意悠闲，心随飞鸟。静观世态，历经寒暑，身无尘扰。立南天，皑皑万仞，嵯峨神妙。亿年颜不改，冰清玉洁，岿然娇俏。

望海潮·天池沽海

群峰环抱，天开清鉴，雾岚凝像藏娇。名岳汗颜，江河胜远，奔腾千顷波涛。雄丽伴逍遥。画轮弄飞瀑，水掠云桥。鬼斧冰图，何须凡笔画妖娆。

四时香客如潮，祷风调雨顺，祸去灾消。磨灭陋魂，淘清俗气，心随碧浪陶陶。恍若入青霄。自古虔诚拜，争叩灵蛟。总是高天圣水，无尽洗尘嚣。

水调歌头·洮水流珠

冰结水雕塑，剔透滚圆雄。越崖穿岸千尺，飞瀑洒云空。果是洮州名胜，舞动光华璀璨，龙跃凤留踪。我到骇神鬼，瑞雪夹狂风。

惊涛起，奔雷吼，激流凶。晶莹千里，辉映星汉射苍穹。寒气蒸腾喷沸，借得飞飙激浪，直闯暗礁丛。欣看珠玑美，吞吐气如虹。

贺新郎·冶峡画廊

冶峡风光漾。入眸来、泽峦突兀，雾烟腾放。更有泓流清而洌，迎客怡神弃杖。临峡底、觅无空旷。叠嶂隐天天一线，彩画屏、十里围成帐。神鬼笔，绘形象。

归来梦境浮原样，记分明、萦绕脑际，云流霄降。飞瀑成虹雷奔吼，仙石飞来陌上。倍惊喜，犹驰昆阆。鸟语松涛鸣天籁，一朝游、美景终生想。心不静，魄魂荡。

李 锐

望莲花山

云抱青松雾抱山，霞光叠嶙戴银鬟。
莲开九瓣携风雨，净洗嶙峋缥缈间。

过天池沿海

游船玉镜慢轻磨，客到天池泛绿波。
雨色苍茫风笛远，嵯峨入海化青螺。

迭山横雪

玉裹银龙舞九天，冰峰剔透枕云眠。
瑶池总是神仙地，万古青山涌雪莲！

九月一日晨爬黄捻子森林栈道

鹿苑犹疑艳影踪，层层叠翠水淙淙。
迷蒙雾雨山遮面，故叫烟云镜底封。

大沟池林

曾言猛虎出浓荫，一坝天然水深沉。
结伴樵夫来祭祀，池塘树掩绿森森。

胡憬新

莲峰茸秀

九瓣花开春色浓，瑶池谪落玉芙蓉。
君看六月逢莲会，山一重兮歌一重。

金顶夕照

小憩方知夕日斜，芙蓉浴影被金纱。
琉璃不耐红尘扰，飞上青峰锁晚霞。

石门金锁

造化功成几度秋？石门高峙雨云收。
谁将小庙为金锁，欲束洮河日夜流。

冶海冰图

一念灵明与众殊，千秋寂寞守平湖。
池龙应具丹青手，聊把寒冰作画图。

过扎尕梁

云山北峙野苍茫，伏岭连绵浅草荒。
雪压塬头浑一线，风吹雁阵乱三行。
数声梵唱青天外，几树幡扬古寺旁。
落日孤村归牧晚，儿童学算指牛羊。

鹿儿沟秋色

辛苦还怜千树枫，忙描山色染羞红。
林前清水翻明浪，叶底乌鸹唱晚风。
暮景招摇堪着眼，秋思漫灌不由衷。
登高一片空消黯，应与当时宋玉同。

南望独山

欲问风云辨古今，急江高峡亦千寻。
独山枕水龙蟠出，一叶惊秋鹰唳深。
村落炊烟摧晓暮，洮河细浪自浮沉。
冷枫斜照空林色，柴犬声声吠树荫。

夏日从八木墩直下洮河

正入层峰叠嶂中，行深十里景难同。
千秋故国千秋垒，万壑松涛万壑风。
云化鹰翔窥旧塞，地交龙伏距边冲。
山川奇气曾钟此，可有英才后李公？

重游石门峡

劈破金门纵激流，洮河北去万山秋。
一轮日自峰间起，几缕云趋岭际游。
高峡堤横宜霈雨，平湖水静可行舟。
廿年物事沧桑处，意气书生已白头。

春日九甸峡至石门道中

二十年头旧地游，湖光峡影数春秋。
石门虎峙吞烟雨，铁锁虹横束激流。
浅草初争黄土岭，轻莺早据白泥洲。
儿孙北徙柴篱废，妪老闲耘未主畴。

摊破浣溪沙 · 库区废村

止水微澜漫浸沙，天光云影夕阳斜。两脉青峰飞峙出，锁烟霞。

废院徘徊双燕子，荒篱疏落野桃花。老树虽枯犹挺拔，暮栖鸦。

望海潮 · 冶峡秋色

绮云明渲，金风暗戏，堪怜山色羞红。慵着杏衫，轻匀粉黛，霜林艳煞寒枫。穿峡激流东。有跳珠到溅，银练垂空。十里秋深，物华如画尽天工。

余晖渐隐葱茏。正危峰悄峙，缺月初弓。人语柳堤，莲歌小院，千家烁烁霓虹。衢市拥花丛。且循香逐梦，幻羽乘风。静夜无声谁晓？环宇已蒙蒙。

水调歌头 · 卧佛沐月

绣口吐明月，气息涌山风。千秋容我一梦，高枕万缘空。任是青天碧海，殷切归云似练，俏挂额眉松。我自如如处，玉宇沐空蒙。

长夜寂，孤峰峙，落征鸿。吾生若蚁，亦想无事卧云丛。寰宇妖氛未靖，故国春潮方兴，此意莫匆匆。且继前贤志，鸡唱起人龙。

桂枝香·黄捻子月夜

春山夜歇。见伏脉一痕，豁然中缺。况有清流激激，慢吟轻咽。松涛突起繁香涌，是封姨、戏花惊叶。玉轮垂峡，凭空照彻，胆肝澄澈。

且漫将、豪情兴发。对一揽山水，无边风月。任我溶其化境，再无分别。浮生栩栩南华梦，正其间妙理难说。恰斯时也，胸藏烟雨，意凝冰雪。

八声甘州·八竜池

问昆虚浩渺水三千，谁取一泓然？映天光云影，青芜螺髻，碧草氤烟。袅娜清风仙媛，明月响瑶环。流眄双星射，冷艳无边。

命驾八竜游弋，御霓裳带雨，雾袖生寒。借凤洲玉露，点滴化倾澜。看荒尘、潭明浪细，许从今、春色满人间。因怀感，试登临处，一望河山。

望海潮·再过九甸峡

一江寒碧，诸峰飞峙，山河是处殊奇。千壑纵横，朝云暮雨，时时雾锁烟迷。铁索束狂狮。玉带萦绝壁，天堑如斯。激滟微澜，断崖斜日影参差。

何妨啸傲行之？驾扁舟一叶，箬笠蓑衣！乘月脍鱼，临风把酒，悠悠数忘胸机。相约鳟肥时。携手秋江上，余日何期？脉脉横波无语，漾漾过清溪。

散曲重头小令【双调·大德歌】冶力关八景

莲峰传奇

玉京开，下瑶台，且看他袖风云暧瑟，袂舞歌慷慨，亲手把山河锦绣裁，裁得那青峰隐隐芙蓉态，看人间遍地唱花儿来。

卧佛沐月

卧风清，沐霞明，原来是千秋眠未醒，一梦红尘净，却被他孤鸿暗影惊，只见那寒霜夜月人初定，独留我寂寞伴溪声。

冶峡秋色

鸟啾啾，谷幽幽，方叹西风如酽酎，醉赧了高峡秀，更那堪吹寒涧底流！君且看霜林尽染云归岫，原来是千壑正清秋。

白石烟云

踞高巅，问苍玄，风来层霭卷，雾去奇峰现，只见那嵯峨势破天，常叹他藏云藉雨怀芳甸，不停了千古起岚烟。

天池凝碧

雨霏霏，浪微微，池深春水碧，露润千岩翠，忽然间寒波映诡辉，犹疑是仙娥月夜留环佩，朝带彩云归。

花谷锦绣

烂云霞，接天涯，闻香宜驻马，载酒林泉下，乐陶然销魂满目花，正叹他山河锦绣难描画，一任我归去与人夸。

林海风涛

百灵居，瑞华浮，喜春来风过轻叶舞，雾涌松涛怒，云横玉带舒，况还有三秋素月林间路，更与世尘殊。

幽谷丹霞

聚芬芳，蕴清凉，耳边听涧幽流水响，谷寂闲禽唱，更见他丹霞沐晚阳，好一派浓红浅翠光摇漾，直疑行处是仙乡。

【南吕·骂玉郎带过感皇恩采茶歌】洮滨二月

洮滨二月春潮动，欲待赏花红，遥思已把春心咏。趁意游，看燕传，听莺讽。 染遍青松，唤起寒虫，半天雷，三更雨，几疏钟。鹅黄渐重，鸭绿方浓，柳娉婷，人依约，木葱茏。 地溶溶，雾蒙蒙，一程山水一程风。草色茵茵才上垄，声声布谷翠烟中。

王林平

和文莱先生朵山照

参天一柱立峥嵘，玉笋鲜香万载生。
欲采仙芝投巨鼎，烹花调露忘春醒。

过草原

五月高原春不媚，绿芽黄草沐晨辉。
碧空一洗连山雪，如黛湖边野鸭飞。

春雪后过草原

茫茫荒野耀苍穹，鹰击长空接信鸿。
雪压高原滋锦绣，草穿冻土引春风。

访八竜池（二首）

山川雨霁踏青茵，云雀啾啾池水新。
遍地马莲辞锦绣，长留花海待嘉宾。

山花遍野映蓝天，登顶青峰向自然。
名利尘劳抛一笑，胸中丘壑也神仙。

莲花山

洮河波涌石莲开，问道青山上雾台。
堪慕临潭居福地，求仙不必在蓬莱。

登莲花山

夹人巷里脱身难，顶阁临危眼界宽。
天孕莲峰生俊秀，地怜洮北育奇峦。
山风忽过净云宇，岚雾徐来入雨坛。
邀遍九霄同把盏，举杯相约观潮澜。

丁耀宗

冶峡画廊

峡里风光好，清风伴落英。
飞流悬壁下，百鸟谷中鸣。

赤壁幽谷

幽谷多奇石，嵬容震九垓。
金蝉鸣玉露，银蟒舞云台。
赤壁冲霄汉，红花遍地开。
骚人回首处，恋景几徘徊。

鹿沟叠翠

高山流水育青苔，穿石清流匝地来。
树上鸣禽留醉客，竹林深处异花开。

古堡斜晖

无事城头看落花，清风明月在天涯。
飞鸿声断人归去，唯有云烟映晚霞。

西湖晚照

水西门里一平湖，百代清纯永不枯。
世俗人都称海眼，洮州城外夜明珠。

赤壁幽谷

碧水丹山沐晚霞，石林旷野少人家。
崖红草绿清流出，时有游人采菊花。

叠山横雪

雪横岷山久不消，云飞乱石路迢遥。
天开峭壁三千丈，地造云门入九霄。

朵山玉笋

朵山高耸入云中，笑饮神州万里风。
玉笋依天如一剑，寒光隐隐射苍穹。

莲峰茸秀

(一)

九朵莲花映日开，天风露草润崔嵬。
游人攀上玉皇阁，似觉仙人下凤台。

(二)

六月莲峰万木荣，天连薄雾彩云轻。
林中古树成佳景，壁上新苔附着生。
曲径盘旋人缱绻，微风拂袖鸟声鸣。
归来已是斜阳下，一路山歌伴我行。

十里睡佛

将军沉睡面朝天，碧水清流在眼前。
冶海平湖常沐浴，飞虹映日不知年。

天池冶海

青石台前一圣湖，寒冬积雪有时无。
浮冰三尺呈千态，骚客行吟称宝图。

登莲花山

九朵莲台耸古今，今年极力复登临。
疾行或许劳筋骨，徒步难能累我心。
林海茫茫望不尽，山花朵朵伴鸣禽。
诗思未老频敲韵，笔秃随时作慢吟。

徐 红

冶海冰图

霞蔚云蒸轻晓雾，高山冶海出平湖。
岁寒犹有菱花镜，琼宇星河现玉图。

石门金锁

力劈青山河启道，天边活水济民来。
石门金锁千秋在，一秉虔诚筑庙台。

洮水流珠

冬至洮河倾万斛，悠悠玉带落珍珠。
腾龙吐瑞岚烟起，浩浩汤汤入坦途。

迭山横雪

群聚峰峦擎揽月，飞禽绝迹罕人烟。
迭山纵有千秋雪，横跨三军盛誉传。

黑岭乔松

黑岭含烟缠玉带，古杉挺拔傲穹苍。
青山依旧松涛息，亘古传奇入梦乡。

朵山玉笋

穹窿偃盖连山脉，玉笋孤峰上九天。
峻秀纤纤凌壮志，痴情一片了尘缘。

玉兔临凡

大岭山头遗玉兔，秋霜几度暗云愁。
天涯望断期明月，地久天长化阜丘。

莲峰茸秀

叠嶂危峰虹饮涧，花开碧落嵌山巅。
嘉莲吐秀青云上，雨瑞风祥济万年。

李英伟

咏王家坟没底坑（古体）

横岭重叠一纵峰，群山慕崇仰仪容。
碧削千丈鹰不渡，壁破一线没底坑。
深邃幽暗藏狐兔，滚石沉雷惊蛇龙。
乱世有功躲烽烟，荒草怪石难觅踪。

洮水流珠（古体）

亿斛玑珠入此河，晶莹贯通涌浪波。
日照碧水争粼辉，月罩岸树见婆罗。
银甲干戈滚地动，浩气长啸对天歌。
洮有此景载满誉，世骄流珠有几多。

冶海四季歌（古体四首）

慕海涉足爬翠岗，丛林乱石经何方。
溪畔明火牧工炊，草坡牛羊乳洒香。
红花绿茵春满山，蓝天白云日正长。
众峰举起碧玉杯，巨壶美酒万代觞。

面对白山半云空，山云一体难别同。
石门坎上莺歌伴，常爷池涌水舞松。
朝阳光洗清湖颜，轻妆渐染溥涎红。
好山好水景无限，丰姿更在六月中。

天高气爽雁阵东，冶海神韵缤纷呈。
点林花楸珍珠白，丛棵沙棘玛瑙红。
养心平静如斯水，放眼高空看过云。
一派丰收进山舍，彻夜花儿荡近峰。

千顷平湖洁玉铺，世间万象注冰图。
宫廷楼榭柳挥丝，重山翠林鸟飞呼。
奇珍异宝随水出，仙姿琼花破镜入。
钟秀造化开一鉴，光照沧桑竟有无。

丁海龙

冶峡画廊（新韵）

冶峡清波绿，林间断石青。
鸟鸣山谷静，花动素风明。
秋月怀银色，金乌露赤情。
归来多念好，梦里影娉婷。

鹿儿沟

山路迢迢碧水妖，云头蝶影结云桥。
苍松翠柏美如画，时有春花金步摇。

桃花岛

青山一带溢芬芳，洮水清清树郁苍。
何处休闲归去处？桃花岛上独徜徉。

石门金锁

鬼斧劈开山一重，神光碧水巧相逢。
石门自此添金锁，时有贤人访旧踪。

八角花谷

村绕山来水绕栏，亭台楼榭坠云端。
农家乐里多欢笑，门外花香带露看。

洮水流珠

洮河泛翠色漪漪，玉润珠圆赛素肌。
悦耳脆音如鹥鸟，金戈铁马已班师。

古堡斜晖

古城已不是当年，荒草萋萋草作烟。
昔日繁华何所在？徒留渺渺白云天。

莲峰笋秀（新韵）

闻言陇右有名山，翠柏蒙蒙好访仙。
白雾流霞衔日月，青峰高耸入云端。

题冶海

鳞波荡漾草萋萋，冶海冰图璧上题。
来往游人歌妙处，无垠碧水对云梯。

朵山玉笋

仁城北望朵山前，玉笋癫狂拂九天。
秋雨无声霞雾绕，西风有意古今牵。
野花巧对千层柱，翠鸟轻鸣万仞巅。
疑是瑶池王母物，遗留此地待先贤。

李 凌

春 归

爆竹催春解冻溪，朝阳柳下绿苗萋。
耕犁破土耘新种，雨燕攒头觅旧泥。
欲试轻衫闻布谷，登临远目见云栖。
归来宿鸟嘈声乱，老树萌芽待笔题。

洮 河

雪孕清流尕海滩，西奔豁口出层峦。
穿行九曲修刚勇，切蚀三台泄急湍。
积淀平畴田舍具，滋涵蔬果富餐盘。
冰珠峡影风情异，汇入黄河不见澜。

大石山

拔地撑天大石山，缠云裹雾隐真颜。
开怀畅饮端阳水，放眼遥岑叠岭关。
护佐临潭耕沃土，周旋族裔息忧患。
扶膺仰首崇高耸，我自曾经作力攀。

兔石山

兔卧山巅耸石峰，雌雄相伴有情钟。
并肩共拜缠绵月，抵足同眠凛冽冬。
暴殄天成钱作祟，遗患久远癣羞容。
伤怀面对谁追问，本是双栖失侣踪。

光盖山

驱车九折出层峦，石笋钻天逼胆寒。
万仞嵯峨含剑气，千寻仰止见鹰盘。
风光尽在无人处，欣赏全凭有眼看。
雪化江河分水岭，沧桑久砺亦如磐。

白石山

白石森然耸独峰，怀藏宝镜映颜容。
云撩季节阴晴脸，雨洗沧桑冷暖踪。
北护临潭撑后盾，西屏冶海守要冲。
高山仰止充胸臆，伟岸风姿旭日彤。

赤壁幽谷

天书宝卷映丹霞，赭石悬垂倒影斜。
欲坠危岩迎面扑，开封野径布枝杈。
深探领悟囚徒困，浅试休论信口夸。
峡谷幽暝含奥妙，微言大义释生涯。

冶力关小镇

世外桃源冶力关，深闺待字养容颜。
苍松不老擎天柱，碧水长流卵石湾。
岫壑云沉淹好景，田园露湿打休闲。
围屏秀色嵯峨甚，烟火人家住半山。

莲花山

斧削芙蓉玉叠层，青峰捧出宝莲灯。
东萦莽荡洮河水，北峙巍峨白石崚。
盛夏山歌排对唱，严冬墨笔摄名胜。
人文久仰风光秀，锦绣词章赋美称。

林彩菊

新堡渡口

茫茫洮水接长天，鱼隐青波鹭鸟闲。
最美还看夕阳下，微风摇动渡头船。

游冶海天池

碧水悠悠荡客船，白云舒卷浪头前。
游人竟在涛声处，宛入蓬莱作散仙。

秋日登莲花山

石径通幽飞野雉，一方古刹入云端。
清风与我萦怀抱，秋叶同霞秀岫峦。

后山坡

云雾氤氲景色幽，远离嚣噪静中修。
生来自有豪情在，历经风雷不屈头。

洮州三月

燕舞莺歌柳眼黄，云清雾淡雨微凉。
嫩芽破土留春信，桃李舒颜过短墙。

魏建强

辛丑五一所见

水碧林幽大峪沟，山光湖色白云浮。
儿童语带岷州韵，写影描风柏树洲。

武　锐

玉皇阁（新韵）

雾霭托金顶，怀云上玉阁。
三州收眼底，六县唱莲歌。

初一晨登八竜池

牛蹄辞岁去，虎步贺春来。
琼玉千般态，山川一色裁。
桑烟迷远袅，风马舞低徊。
奔犬惊飞雀，遗痕写竹梅。

登莲花山（新韵）

崆峒西耸为名胜，鸟瞰如莲四海闻。
须历攀登一遍苦，不临绝顶怎识真。

术布吊桥观洮水流珠

凭栏视水似行舟，碧玉银镶绕白绸。
洁嫩田田荷叶聚，晶莹粒粒翠珠流。
孤村宁静炊烟细，远树清明鸟语柔。
欲隐洮源观五柳，地球村小令人忧。

王旭光

石门吟

洮流如玉带，夹岸势崔嵬。
锁挂金山庙，门堆绿砚台。
杏桃园里熟，苑菊渚边开。
莫醉云中水，还纵一楫来。

冶力关印象

莲峰耸秀驻云间，沉醉将军睡万年。
最是常公拴马处，如梭游客沐桑烟。

古堡斜晖

残垣不见旧辉煌，断壁遥遥送夕阳。
四海再无烽火影，烟晴古堡一川长。

俞文海

夏日冶木峡

峰险苍松秀，山高一线天。
峡中盈眼绿，树后响飞泉。

登长岭坡

登览壮观天地间，盘旋路绕白云端。
群山跌宕峰峦簇，万里苍茫自远看。

咏冶海

白山千仞衔云岫，冶海高湖一望收。
冬凝冰图成化境，神仙居处好闲游。

党春福

登新城凤凰山

卫城秋色正烟霏，陡彼岗峦向晚归。
虎踞龙盘灵杰地，凤凰展翅欲高飞。

李玉芳

山乡早春

浅浅池塘畔，青青柳色新。
谁催绿波早，悄悄做春邻。

山村春雨

风含春韵雨飘馨，门外垂杨窃窃听。
昨夜甘霖滋万物，定将雪岭变青屏。

莲峰耸秀

青莲一朵凌波开，仙雾氤氲绝俗埃。
绿树青山增秀色，扶云直上赴瑶台。

冶力关将军山

曾经戎马护河山，今沐祥云不愿还。
长卧千年终为岳，梦中依旧守雄关。

游冶海有感

层林尽染上仙池，映水闲云朵朵诗。
一叶扁舟乱秋色，清风入梦惹人痴。

李湖平

洮水流珠

腊月严寒季，洮河结玉珠。
石门关不住，破壁作宏图。

胡新生

冶峡画廊（新韵）

岩岩峭壁倚天高，溪水奔流涌浪潮。
千树繁荣遮碧野，一崖峻险上云霄。
轻岚绕处烟村隐，浓雾收时木叶飘。
欣到钟灵藏秀地，江山见我更妖娆。

登莲花山

一上高峰意气豪，云涛万里共风飘。
山河俯瞰成图画，脚踏青莲俗念消。

登青石山

一脉龙蟠青石山，峰峦叠嶂景无边。
洮河九转东流去，惠润千秋万里田。

王玉喜

冶力关将军山

戎马终身卫国疆，出征将士几还乡。
枕戈待旦经风雨，不负苍生不负王。

登莲花山

雄峰千丈入云端，苍翠重峦若伏澜。
峭壁攀登临玉顶，骋怀山水倍欣欢。

洮州雪霁

六花昨夜白茫茫，万壑千峰换素装。
杨柳低头迎瑞雪，朝阳初露闪银光。

赵辉煌

洮水流珠

珠玉一江随水流，当年风月几层秋。
盈盈也似征人泪，多少离愁涌浪头。

玉兔临凡

异石何奇天外来，包藏日月性灵开。
广寒宫内多凄苦，玉兔思凡下碧台。

春游拾儿山

白云几朵去留间，小径通幽九道弯。
柳绿桃红新草碧，风轻山远浪人闲。
寻芳彩蝶双双舞，出笼苍鹰对对还。
三月高原春正暖，生机一片醉红颜。

雪霁登东明（新韵）

云散千层破久阴，长亭向晚此登临。
风吹锦袖精神爽，雪罩青峰景象新。
暮野萧萧人迹少，寒林漠漠佛音沉。
凡间烟火随心起，客倦红尘上远岑。

忆秦娥·再上东明山

红尘绝，金光万丈连天阙。连天阙，宇檐高耸，
晚霞明灭。

一方净土同风月，禅心似水桃花洁。桃花洁，夭
夭起舞，几多飞蝶。

吴世龙

朵山玉笋（二首）

寂寥明月照边城，绝岭苍茫影自横。
石笋清芳招玉兔，筇根千古显峥嵘。

无情风雨有情天，玉笋亭亭立万年。
岁岁龙神端午赛，祈丰社鼓响山川。

秋韵图

岭外乡关入九秋，霜华凝彩染芳洲。
疏林黄叶轻轻舞，旷野长河缓缓流。
山气盈盈飞乳燕，陌云霭霭牧闲牛。
但闻桂子清香近，何不开心画里游。

何子文

鹿儿沟行

回望尘世路，一梦廿余年。
汲汲逐名利，芳华已付烟。
花凋乌寂地，月落雾迷天。
无语对香逝，冷看云变迁。
今朝脱羁网，行走野泉边。
狭道多崎路，景澄时隐然。
幽溪流潺潺，群岭貌雄妍。
观水念悠远，赏山心动弦。
金风起凉意，秋日坠峰前。
炊火升偏屋，松涛啸木巅。
留连忘别去，暮色劝人还。
长羡林居者，佳山可得眠。

马换喜

莲花山（新韵）

莲峰耸秀入云天，叠嶂层峦景色妍。

处处娇花迎远客，轻歌跌宕绕青山。

李广平

紫螃山吟

碧树连峦嶂，栖云绕紫螃。
棘丛溪水绿，鸟语菜花黄。

莲花山

峭壁升岚雾，山云落紫霞。
微澜无净土，不谢是莲花。

石门月吟

石门山月半探头，影入洮河逐水流。
潋滟碧波琼玉耀，子规声里夜幽幽。

洮河风光

雾锁紫岚岩竞秀，波流百谷鸟争鸣。
萧萧芦苇生青浦，叠叠苍峰绕碧莺。
洮河人烟多牧放，南山雨幕有樵耕。
丛林淡霭隐藏寨，草舍篱笆犬忽惊。

莲峰茸秀

长岭逶迤笼翠松，莲花含秀峙天峰。
悠悠曲径苍岩入，洒洒洮河岚嶂从。
散雀穿林知雨色，幽蝉噪野显山容。
红尘尚有清心处，留待真人悟道踪。

卢丰梅

题尕海湖

苍茫绿欲穷，灵镜出茵丛。
云卧连清浪，波明映碧空。
鸟嬉烟霭处，花笑浅溪中。
除却青山外，何从醉太翁。

草原初秋（古体）

草原秋早未苍茫，云彩悠悠菊溢香。
低黛绵延去无际，牧歌声里草微黄。
零星毡帐白如玉，雄鹫高翔意气昂。
民俗淳良何计数，涂朱为号辨牛羊。

风物大观

洮水流珠：洮州古八景之一。每至隆冬季节，洮河流水便凝结成珍珠般的冰珠，颗颗溜圆，晶莹剔透，各自独立，并不冻结为整体，或相推相涌，或各自浮沉，顺流而下，历来被称为奇观。图片来源于清光绪本《洮州厅志》。

风物悠悠亦大观

马锋刚

洮州一地，山绵水长，数千年来养育着一代又一代勤劳的人民。他们无论何时何代，只要饮一瓢泠泠洮河水，吸一口醇醇青山气，就注定了一生不舍的洮州缘分，心灵中必将融入洮州山水之灵韵。

故而洮州善歌者唱之于"花儿"，传遍山阴小道上，牧野清风中。善律者谱之于七言八句，遂成学问传承志，诗书教化功。所以洮州山水，钟灵毓秀，风物民俗，蔚然大观者亦久矣！洮州古代先贤曾歌之咏之，如清代诗人陈钟秀有诗：

牛马喧腾百货饶，每旬交易不须招。
斜阳市散人归去，流水荒烟剩板桥。

——洮州竹枝词其一

诗句描绘了洮州卫城"营"日场景，充满浓厚的生活气息，具有典型的地域性。

现代洮州诗人也有力地传承和弘扬这一优秀传统文化，他们以诗词为载体，歌颂家乡的山山水水，花草树木，英雄儿女，淳风厚俗，传说故事，俚曲小调，风物特产，乡土人情，写出了一些情韵兼美的格律诗词。洮州异彩纷呈的民俗文化大观，如万人拔河、龙神赛会等等非遗传承，也无不浓缩在诗人们的一咏一叹之间，细读之句句是乡愁，字字是赤子心。

【前贤留韵】

陈钟秀

元宵竹枝词（四首）

临街槅子敞重楼，少妇观灯不解愁。
妾处最高郎最下，叫郎一步一抬头。

笑语风前兰射香，家家门外坐新娘。
偶然行过一回首，个是浓妆个淡妆。

月色高高挂玉轮，六街烟火闹新春。
怪他年少无愁妇，不看花灯只看人。

元宵三夜闹芳辰，处处观灯约比邻。
郎自喜明侬喜暗，无灯容易散闲人。

新年词（四首）

声声爆竹焰冲天，惊起幽人坐不眠。
曙色穿窗天渐晓，满城听响霸王鞭。

衣冠簇簇过新年，丰乐家家贺晓天。
真个升平多韵事，春联贴满大门前。

一年春到一年新，岁稔边城乐意真。
才出东郊西舍去，街头忙煞拜年人。

瞳瞳晓日满春晖，吩咐儿童早启扉。
门外忽闻多笑语，邻家扶得醉人归。

洮州竹枝词（五首选四）

禾稼终年只一收，但逢秋旱始无忧。
夕阳明灭腰镰影，半是男儿半女流。

不出蚕丝不种棉，褐皮遮体自年年。
冬寒夏暖何曾易，真个洮州是极边。

牛马喧腾百货饶，每旬交易不须招。
斜阳市散人归去，流水荒烟剩板桥。

荒城僻在乱山隈，孤陋难教眼界开。
秋早春迟长夏冷，最难防是风雨来。

春郊晚望

笛声吹出暮烟笼，杨柳依依送晚风。
却羡牧童归去好，倒骑牛背夕阳中。

城南醉归

载酒城南共访朋，兴酣浑忘雨如绳。
不愁醉后归途晚，小市人家尽上灯。

酬赵心泉见赠（二首）

焚香盥露诵君诗，如对风前玉树枝。
老气信添新句里，才华犹是少年时。
音惟同调才能赏，味莫亲尝漫诩知。
白璧自来为至宝，琢磨肯使有瑕疵。

失却胸中记事珠，年来笔墨久荒疏。
莺娇正好迁乔木，马老漫言知旧途。
多病况兼同志少，长吟惟对一峰孤。
秋来所有论文信，拟醉山窗酒满壶。

赵维仁

山居词（临潭月令词）

孟　春

春到茅檐气象新，家家门外聚闲人。
儿童笑语元宵近，社鼓咚咚闹比邻。

仲　春

沿村雪释欲成泥，晴日人扶陌上犁。
最是微禽先得气，树梢几处有莺啼。

季　春

上冢人家处处同，郊原吹满纸钱风。
水才清澈山初绿，墙角杏花历乱红。

孟　夏

莫将梅雨拟江南，垂柳描黄绿未酣。
燕语鸠鸣风始软，游人方可话双柑。

仲　夏

绿荫门巷映垂杨，布谷声中日正长。
佳节好邀良友共，一杯酒色艳雄黄。

季 夏

绕屋槐荫面面遮，北窗睡足自烹茶。
招凉尽有熏风过，扑鼻香浓芥子花。

孟 秋

铁马檐前响不停，梧桐叶乍堕空庭。
楼头弱女穿针夜，瓜果堆盘祀巧星。

仲 秋

露下长空夜气清，仲秋天气晚凉生。
卷帘不惜深宵坐，把酒对花看月明。

季 秋

吹残红叶怒风号，新蜜如油好制糕。
未许诗情秋日减，空山耐冷去登高。

孟 冬

雪花几度舞庭除，妆得江山玉不如。
正是小阳天气短，挑灯夜课小儿书。

仲 冬

莫说光阴一线添，风声撼屋冷尤严。
暖寒只合持杯坐，不为负暄到画檐。

季 冬

腊鼓声中一岁残，唐花出窖渐凝丹。
焚香自把新诗祭，料理冰鱼入玉盘。

夏日同冯子能登云山观

峰好如云起，登临一豁眸。
树摇青堕地，山涌绿围楼。
晓日千家雨，空堂六月秋。
昼长无客至，相对语清幽。

重兴寺踏青晚归

薄暮踏青还，平林荡晚烟。
归云忙似水，新月细于弦。
身醉惟凭仆，心空不借禅。
人家上灯候，更鼓画楼边。

移家洮河之南

莫讶村何小，须知地自偏。
一河聊据险，廿口且图全。
院隘犹疑屋，檐深总蔽天。
晨昏容膝处，似在钓鱼船。

九日独登青石峰

霜高叠嶂出崚嶒，寂寞登山感倍增。
万木战风秋欲语，长河吞石水生棱。
白衣送酒真无望，赤手屠鲸恨无能。
欲折黄花簪两鬓，萧萧短发竟难胜。

宿买吾寺

毳帐连宵共借居，今逢精舍喜有余。
未通番语思重译，权向佛堂理旧书。
酒气微醺残雪后，钟声远报上灯初。
遥知儿女寒窗下，日数征程望雁鱼。

为杨善亭画《春山归牧图》即题一诗

斜阳初下黄泥坂，牧童归来天欲晚。
短笛无腔信口吹，牛如听笛行缓缓。
东风拂地芳草生，牛啮春草好课耕。
我愿民间养牛莫养马，马放华山牛满野。

谢陈辉山校订拙集

年来辛苦为吟诗，校订劳君笔一支。
尽把性情存卷里，最难得失慰心时。
宫花写影临池见，淑女修妆问镜知。
从此锦囊随处启，免人一一指瑕疵。

寇爰相

　　寇爰相（1842—1900），字小菜，号辅堂，临潭县新城镇人。清光绪元年（1875）乙亥举人。参赞卓尼第十八任土司杨作霖署务，并任第十九任土司杨积庆家塾教师。初任河州（甘肃临夏）学正，兼河州凤林书院主讲。后调安西州（今甘肃瓜州县）学正，不就。暇时精研天文地理之学。著有《小菜文集》《小菜诗集》，已佚。

菊　花

不与群芳伍，疏篱独占东。
淡容征晚节，冷眼对秋风。
情性炎凉外，风霜阅历中。
相知遍天下，何处见陶公。

汪映奎

汪映奎（1864—1929），字少苏，号水云、圭峰氏、玉壶斋居士、金鼎山樵，道号重九，今临潭县新城镇人。清廪生。性静穆，寡言笑，不喜外务。幼承家学，博通经史子集，嗜典故之学，善诗赋，与洮州文士敏翰章、祝昌龄、高凤西等多有往来。晚年精于医学，设药市，活人甚多，并抄录研读道经多部，为《阴符经》等作注，序张三丰《洞天清唱集》。民国成立，在旧城（今临潭县城）设馆教学。曾当选甘肃省议会议员。著有《研精山房诗文集》数十篇，已佚。今存《道言四韵》诗二十一首、《中华一百名人绝句》等。

桃源行

玉宇琼楼在仙山，山中谁知别有天。
天回地转沧桑改，人世已经六百年。
年年流水桃花远，春去秋来杳不返。
烟花漠漠无尽期，世外谁人能探险？
武陵舟子棹偶发，半是尘心半仙骨。
任到水穷山尽时，恍惚洞天开宫阙。
万顷桑麻豁人目，莺花深处结茅屋。
屋上新云掩映飞，凤啸鹤吟相征逐。

长揖笑问何处来，杀鸡具馔了无猜。
深夜劝述人间事，香焚铜炉一寸灰。
"书尽未遭祖龙火，满架琳琅不封锁。
自恨生平不识丁，鱼鲁焉乌何太左。"
"为言我是捕鱼人，流水生涯武陵春。
世上衣冠已属晋，洞中日月犹通秦。
秦家采药仙山里，童男童女不知此。
项刘灭亡鼎三分，三马破曹如流水。
人生往事如春梦，斗大玺印作何用？
此回栖迟有素缘，金箫玉笛乐与共。
蓬壶犹戴六鳌首，梦魂摇曳随风走。
何如安眠太古春，换骨应说长生酒。
怎奈俗情多羁恋，洞中风月未习惯。"
云水洞中作蛇行，一棹木兰犹在岸。
"人间无地避催租，恶吏剥啄声喧呼。
他年移家重来此，白鸡黄犬莫拒吾。"
谁知云烟诚万变，洞门锁隔秦人面。
苦向沙头认旧踪，天涯茫茫难相见。
南阳刘君怀仙心，好信荒唐觅云林。
何处水滨问歧路？桃花笑人春森森。

祝昌龄

祝昌龄（约1867—1926），字寿嵩，今临潭县石门乡鸦儿山人，洮州岁贡，《洮州厅志》分纂之一。曾经甘肃省布政使毛庆蕃举荐，于清宣统二年（1910）春，携弟子岷州人赵玉成赴苏州"归群草堂"黄葆年门下习学。返里后，居家读书课徒，精研太极奥理至终。

辛亥七月，将归洮州，留别草堂诸学长，敬希赐正（三首）

春风座上共琴书，万里家山梦也疏。
忽说离群滋别泪，一庭秋雨雁来初。

素衣行复黦缁尘，南浦烟云入袖新。
我愿同心似明月，时流清影照离人。

陇水吴山别恨长，师恩友谊两难忘。
千秋事业三生愿，争忍栖迟老故乡。

吕芳规

吕芳规，生卒年不详，字桂五，号六如，今临潭县新城镇人。幼从寇爱相读"四书五经"，清光绪二十年（1894）贡生。光绪三十三年（1907），助包永昌分纂《洮州厅志》。甘督升允委为徽县教谕。后任临潭旧城（今临潭县城）第三高等小学校长。晚年居临潭店子王清洞，吟啸忘返，足迹罕入城市。著有《六如诗草》四卷，今佚。

题渔樵耕牧图（四首）

万顷烟波里，孤篷一钓徒。
桃源何处觅？满地是江湖。

踏破云深处，丁丁伐木声。
山中柯易烂，切莫看棋枰。

望杏开田候，春风雨一犁。
归来锄带月，叱犊过前溪。

落日横牛背，山崖下牧童。
青帘红杏外，短笛小桥东。

敏翰章

敏翰章（1869—1931），字倬丞，号柳屏，今临潭县城关镇城内人，生而颖悟，少有"神童"之誉。清宣统元年（1909）拔贡。辛亥后，任镇番（今民勤）、正宁等县知事，1918年当选第二届国会众议院议员。善诗文，好书画。

奉和敏樾珊寄赠原韵三章

凤山居士与天游，韦宋知非第二流。
得句惊人倾智囊，拣诗使我忆愚楼。
留春怕酒还多病，垂柳怯风亦善愁。
云梦敢言吞八九？青山红树未全收。

花鸟无心润笔端，还当赵碬倚楼看。
惟君诗律精苏李，若个书生是范韩？
始信伊人淡似菊，相期臭味切如兰。
渔洋去后联吟袂，新社可能依旧宽？

囊笔浪游忆去年，江南正是晚秋天。
离愁雁唳六朝雨，妙句莺衔十样笺。
怀友月明书幌外，插瓶花落砚池边。
归舟忆数来时路，笑拟潮阳亦八千。

刘鼎周

刘鼎周，生卒及生平事迹不详。清巩昌府洮州厅（今临潭县）人。

和少苏仁兄原韵

一样花开十样红，逢人何须说道同。
我来花下花无主，独立客庭向晚风。

高凤西

　　高凤西（1872—1943），字竹岗，号碧云山人，临潭人。善书画，工诗词，晓医理。乡试三场不中，遂在家行医、设帐教学。1914年受聘为卓尼十九任土司杨积庆掌文书，长达十年，精研藏文。编纂《五凤苑汉藏字典》，顾颉刚为之作序。后自筹借款，购石印机，排印百余套。

拜和汪少苏（六首选三）

挥毫横扫五千军，野马尘埃万里云。
披笺人读少陵句，壮雅雄伟才出群。

果然君是画中人，结得烟霞山水因。
百里红尘知不到，与谁同酌玉壶春。

秋月如银霜满城，举杯易动故人情。
倾心只有花笺句，掷地还听金石声。

宋师孔

宋师孔，生卒年不详，字竺星，今临潭县城关镇人。清廪生，曾任四川省德格县知事。1917年，与人发起捐资筹建临潭县立第二高等小学堂（今城关五校前身，又称旧城第一小学），并任校长。

秋　兴

巫云峡水两凄凄，《秋兴》萧条怕口提。
戍鼓连年戎马动，边城半夜子规啼。
烟凝草阁离怀远，月映金江入户低。
梦里山河依旧在，知谁彳亍浣花溪？

赵廷选

赵廷选，生卒年不详，字子青，今临潭县王旗镇人。清文庠生。品格端方，雄于吟咏。与汪和亭多有诗歌酬答，稿多散佚。著有诗集《小园闲草》若干卷，今佚。

赠八十九叟杨养臣老人（二首）

髟髟白发罩苍颜，倦鸟飞飞自往还。
携杖出门无个事，疏眸城外看青山。

八十年华世罕稀，儿孙笑舞老莱衣。
君家古有龙头选，暮岁犹堪锦衣归。

雍 睦

雍睦，生卒年及事迹不详，今临潭县新城镇人。
清廪生。

咏云山观

云山观上白云天，白云天半白云仙。
白云仙子乘云去，日与白云相往还。
醒时自在云间住，醉后仍在云里眠。
半醒半醉日连日，云去云来年复年。

刘玉策

刘玉策，生卒年及事迹不详，今临潭县人。清增生，著有《贞峰诗集》四本，今佚。

秋日山居即事

我本农家子，自当安俗鄙。
终日不冠带，栖身丘壑里。
间辄入幽林，烟景自移徙。
春夏奄忽过，秋风在桑梓。
露结渐成霜，萧萧入床笫。
曾见麦复黄，刈黍犹未已。
忙里且偷闲，采药幽谷里。
山果一时熟，千红复万紫。
摘来动盈筐，清香沁我齿。
落叶满空山，遥望旧田里。
峰遮路莫辨，林疏道可指。
鸡声随桃源，犬吠隔云水。
返来暮雨中，溪水湿双履。
草笠与竹杖，负戴过桥圯。
归来坐山窗，暝色入窗纸。
妇子荐园蔬，樽酒美且旨。
灯下笑语多，一饱卧青被。

梦中万境空，日晏尚未起。
偃卧林泉下，寤寐永可矢。
贫贱亦何妨，人生贵适志。
如彼富与贵，与非浮云似。

王兰亭

王兰亭，生卒事迹不详，今临潭县新城镇扁都人，遗诗一首。

初夏晚晴登文昌阁赠友

携友登楼倚曲栏，晚晴天气淡相看。
闲情共话连朝雨，霁景还惊首夏寒。
绿水村边鸣乳鸭，彩云阁下拜飞鸾。
小园况有名花在，嘱咐勤培桂与兰。

寇凤林

寇凤林（1885—1923），字翰五，临潭县新城北街人。清宣统嗣位（1909），荐举为"孝廉方正"。后任国民党甘肃支部宣传股主任，入选甘肃省议会第二届议员。曾与省内部分人士组织征蒙敢死团，阻止蒙古独立，遇阻力解散。后归乡办理教育，初任劝学所所长，倡建初、高级小学数十所。

游　郊

我有养生术，闭门自种花。
不知春远近，故意历桑麻。
有亩皆耘籽，无禽不喧哗。
王孙归去后，一揖入山家。

陈考三

陈考三（1887—1957），临潭县新城东街人。历任临潭第一小学（新城东街校）、私立成德小学、临潭县女子小学校长，地方议会议员等。倡明教育，开地方风气。1936年8月，红军长征到临潭县城（今新城镇），成立临潭县苏维埃政府，被选为委员，并为大会书写苏区流行对联"斧头劈开新世纪，镰刀割断旧乾坤"。1940年，任《临潭县志稿》副总纂。

洮河（四首）

一水能当十万兵，洮阴人号紫金城。
试看遍地烽烟里，隔岸遥闻鸡犬声。

三月桃花满岸飞，渔歌唱答烟波微。
秋风人爱松鲈美，春水我思洮鲤肥。

洮流勇气不消磨，一往直前无折波。
冲破山川多少路，悠悠千里入黄河。

洮河东去不回头，几度沧桑几度秋。
细数年华如逝水，年华不尽水长流。

陈绍曾

陈绍曾，字衣德，生卒具体年份不详，去世在1960年前后。临潭县新城人。民国时期曾任临潭县立第二小学（在今城关镇）校长、新堡中心小学校长、临潭县民众教育馆馆长等职。

秋日登云山观

一番风景一层台，绝顶云山重又来。
芳草可怜今日醉，野花犹似旧时开。
文成千古总因战，赋拟登台愧乏才。
细认儿时行乐处，棘荆楼阁两皆哀。

洮州邑人

当地文人，姓名失考。

洮砚颂（二首）

洮砚质如何？黄膘带绿波。
终日水还在，隔宿墨犹活。

鹦哥佳色自洮来，压倒端溪生面开。
取出绿波犹带水，女娲留得补天材。

张俊立

临潭山蔬（十首选六）

马银菜

柔风拂草岗，碧叶一何长。
但做农家味，腹中留异香。

柳花菜

托迹柳枝身，经年惜别真。
玉盘盛碧色，足慰远行人。

乌龙头

夏来寻嫩叶，往采灌丛中。
刺茎枝头上，妖娆绿紫红。

蕨　麻

春风三月天，秧发坡垄边。
掘得人参果，加餐人易仙。

地　衣

雪晴枯草间，黝色胖螺眠。
小妹拾来洗，小笼包味鲜。

蒲公英

扎根泥土里，逸思寄天涯。
何计肥和瘠，随风处处家。

闻有白天鹅栖于新城海眼因题（三首）

洮州何处好，春日凤凰山。
仙鹤来天外，碧湖梳羽闲。

城郭趁晴岚，澄波倩影涵。
云间降仙子，信不负临潭。

青山绿水多，海眼漾清波。
但使人无扰，天鹅好放歌。

咏洮绣

彩丝耀眼色缤纷，花鸟鱼虫凤縠纹。
七夕乞来针线巧，鸳鸯绣枕碧窗云。

术布吊桥

花谢花开逐水流，照波倩影总悠悠。
青山常在行人老，梦里惊鸿几度秋。

古战肖家湾植树

春风轻拂荡山川，笑语盈盈遥送传。
翠绿松苗遍云岭，碧涛盈野望他年。

题临潭民间古旧楹联匾牌

曾映绣帘悬柱梁，细听燕子说兴亡。
痕深年远影斑驳，洮水人家诗韵长。

咏蒲公英

每抱痴心待到春，地头园角见微身。
金花灿灿尤醒眼，翠叶离离最可人。
适口充餐兼作药，入肠祛病更提神。
根留故土魂常在，蓬走天涯香远尘。

忆临潭元宵万人拔河

碧空满月清光溢，长街鼎沸霓虹密。
号令一声人如潮，虎啸龙吟狂飙急。
九霄动摇王母惊，排山倒海鬼神泣。
霸王举鼎奈若何，鲁阳挥戈嗟何及。
十五万人齐努力，星月倒转天回日！

寇小莱德教碑歌

洮州举子寇辅堂，已归道山百年长。
故宅城内余旧址，凤山脚下隍庙旁。
先生振铎弘圣学，积石莲峰映碧苍。
当时教泽即远播，河洮弟子列门墙。
及门高足作鸣凤，黼黻锦绣著文章。
后起时贤叙函丈，勒碑欲教垂德光。
叹今断碑仆蒿草，新楼巍巍肯构堂。
署序典司别具眼，虚与委蛇言堂皇。
已矣焉哉俱不识，文采贞珉陷沦亡！

石文才

端午节有感

糯粽飘香祭屈原，家家杨柳插门前。
轻歌曼舞江淮韵，赛佛迎神亘古篇。
畅饮雄黄佳酿酒，欢欣华夏舜尧天。
乡民自发新城聚，祈祷风调雨顺年。

洮州尕娘娘（二首）

家务农桑样样通，善良淳朴热情浓。
千丝乌发纂头顶，两鬓银簪饰靓容。
身着长衫青夹秀，脚穿刺绣牡丹红。
体形窈窕江南韵，飒爽英姿绿海中。

洮州女子布衣裳，朴实勤劳淡雅妆。
晓伴晨鸡烧饭菜，夕随暮霭饲牛羊。
晴天野外忙田亩，阴雨窗前绣凤凰。
爽语直言人厚道，清纯俊美带泥香。

贺临潭一中建校七十周年

七旬风雨话黉宫，忧乐安危国运同。
思涌新潮移旧俗，学能开物竞天工。
贤师胸里容沧海，学子毫端越险峰。
今日校园桃李艳，洮州儿女展雄风。

畅游红崖如意公园

进园仿佛入仙宫，处处馨香送爽风。
漫步欣观花灿烂，环堤喜赏水玲珑。
亭台靓女留芳影，曲径孩童逐蝶蜂。
蒙古包中尝美味，哼歌曼舞乐无穷。

鹧鸪天·忆母校临潭一中（二阕）

脑海翻江忆旧容，当年求学梦无穷。何堪暴雨群芳瘦，无奈红羊理想空。

肩负重，志成龙，东风浩荡扫寒冬。韶光赶上追分秒，架起青春七彩虹。

荏苒流光万事空，高楼老柳已腾龙。门前只恐伤追忆，白发何堪对翠松。

人已老，念犹衷，闲思苦想昔时容。读书声里空相顾，最恨当年不用功。

【正宫·塞鸿秋】洮州毛布底儿鞋

棉麻走线人间少，锥针牵缕红装笑，秋冬春夏玲珑俏，辛勤纳出鲜活妙。舒心两足轻，关爱周身照，行程万里温情绕。

马锋刚

侯家寺

群山环佛土，万壑有禅音。
古寺香烟盛，显达光耀令。

洮州端阳节（二首）

洮州端午易何时？不赛龙舟不采芝。
四路八乡鼙鼓动，城隍殿下聚蟠旗。

赛神时节人攒动，不见神仙见水龙。
五月年年风雨顺，烟香寺里尽虔恭。

冯旗打切刀（新韵）

锣鼓喧天舞切刀，岫云深处闹元宵。
武刘一脉传傩戏，看客年年涌海潮。

二月二

　　洮州古来民间盛行二月二日炒豆吃豆习俗，此日大人撺孩子们早起空肚嚼豆咬蛆，说是不吃豆会虫蛀牙。不知灵不灵，反正娃娃们一起来脸都顾不上洗就弹豆丢缸儿窥（猜）单双，闹得一片欢腾，有时大人也参与其中，好不热闹。

春耕节日土开花，花气如烟醉早霞。
最是儿童忙赌豆，欢声一片响天涯。

再访古洮州文昌宫旧址（新韵）

残墙剩瓦迹斑斑，宫阙千间变垄田。
劫数无常多兴废，空添史册几章篇。

达孜泉（新韵）

达孜泉水笑声多，月下白石舔细波。
不见蜻蜓来打点，空垂一段紫藤萝。

旗坪云海

旗坪尖下海茫茫，不见三山洮水长。
忽有群驴来驮日，影沉烟浪得虹光。

戊戌春白天鹅戏水于海眼

一潭春水映霞烟，紫气招来云外仙。
新涨绿波天鹅舞，山乡野壤誉涓涓。

赞禅定寺酥油塑（新韵）

沙门妙手巧如神，能教酥油化佛身。
的的春华生净土，端端奇思感凡尘。
拿来万象僧中匠，舍去千繁槛外人。
爱把凝脂和昼夜，慎将一彩一粘匀。

参观临潭县新城镇苏维埃旧址（新韵）

每访洮州苏旧址，肃颜详尽沐英风。
惭将饱腹言勤勉，还应循循启后生。

洮 砚

娲皇遗德可雕才，总与文心守案台。
虚处养泉成禀赋，兴风池面浪花开。

咏毛布底鞋

千锥万纳费灯油，夜短儿多母忘休。
老茧磨针针脚细，痴心引线线纹稠。
层层毛底层层意，缕缕银丝缕缕愁。
初试新鞋常择日，穿穿省省两三秋。

耕牛吟（新韵）

把柄拂尘荡晓昏，心田无垢掸蝇蚊。
牵来稚子一席梦，犁破秋天半片云。
干草垛旁嚼岁月，黄蒿坳里踏霜痕。
宵阑喘月天如水，时舐羸犊忘倦身。

李 锐

东明山翠秀亭

檐铃添野趣，玉树弄莺鸣。
四顾人无语，叮咚已有声。

惊 蛰

蛰月浮新露，莺鸣卖旧萌。
熏风摇睡柳，杏雨洗金城。
吐瑞鹅黄秀，凝香鸭绿生。
迎春花渐放，空惹故乡情。

蕨菜（二首）

寻青采蕨乐悠悠，棘底萌生绿意绸。
四月熏风山翡翠，春芽乱举小拳头。

麓畔丛林易发芽，撑开石缝乐安家。
春来佛手扬诗意，坐拥千山百万花。

柳花菜

敢把林花向柳开，无娇无艳出苍苔。
远离恶臭油酸味。嫁与珍肴不用媒。

马银菜

熏风袅袅带幽香，解冻南河水面凉。
自驾轻车寻岸柳，半篮碧翠半篮黄。

忆新堡古渡（二首）

石嘴船窝路未平，锄云笠雨旧诗情。
如烟往事催人老，隔岸犹闻欸乃声。

一道油丝两岸连，村庄绿树起炊烟。
虹桥已跨洮河水，缺月如镰摆渡船。

胡憬新

乡愁记忆

——诗话洮州端午风俗一组六首

总　题

一别江南七百秋，忆中何处有龙舟？
乡愁浑似珠千斛，洒向洮河日夜流。

插　杨

春意还从五月求，一枝新绿掩楣头。
昔时年少无乡梦，今梦江南是故州。

盥　露

手捧珍珠泻指流，一丝清冷入心头。
谁留烟雨山河梦，徒使洮州儿女愁？

撷　兰

色怜青白意怜幽，脉脉寒香几欲流。
本是仙姝滋九畹，何由绰约在洮州？

寒　食

洮河未可竞龙舟，空解斯民千古愁。
祭奠忠魂无限意，还从寒食冷浆求。

赛 神

最称多情是此州，犹将英烈祀千秋。
君看端午龙神会，豪气干云遏北流。

洮州元夜

聊将彩炮作惊雷，唤醒高原化雪开。
等待春风无限意，霓虹还上树梢来。

乡村急雪

卷地狂飙渐势微，乱旋鹤羽已纷飞。
笠翁虽老身犹健，雪野留痕自杖归。

初夏冶力关小景

细雨清风绿柳斜，岚烟刻意隐山花。
循馨偶至青溪尽，一树丁香立岸沙。

洮州秋杨

未许红尘得意长，繁华梦里换星霜。
凝云久抑千山黯，冷露重侵百草苍。
几日花同人瑟瑟，三秋雨变雪茫茫。
白杨不失生来骨，正啸西风叶半黄。

登东明山望晴云

深澄万里海无波，云化蓬山势崄峨。
或跨青鸾朝玉阙，还看素女浣星河。
天为暮色游仙戏，地和秋声楚凤歌。
我欲因之乘鹤去，不惊太守梦南柯。

疫后登东明山

秋风扶我上高台，爽气澄清万里埃。
沧海无波云浪细，迭山沃雪石门开。
自然有信凋霜肃，人事无名见疫哀。
好把苍生勤护惜，应知大道总轮回。

西风红叶

正把青天作幕台，数丛红叶入望来。
胭脂染就秋风色，碧翠凋应玉露才。
恬淡名心随意立，横斜晚照学花开。
笑迎故国千山雪，催发冲寒第一梅。

登红花山北望

——临潭一中七十华诞志庆

卫城远瞩入望中，势镇山河百代雄。
绿野溶溶千垄雨，红旗猎猎一竿风。
弦歌沐化钟灵地，桃李争芳毓秀宫。
忧乐后先家国事，于斯振玉领金铜。

行香子·庙会看戏

急鼓咚咚，看客重重。忽一声、喝断秋风。木枪
在手，气势飞虹。觉兵如潮，将如虎，马如龙。

脸分几彩，黑白黄红。凭它辨、善恶奸忠。眼前
天地，咫尺西东。认尔家子，谁家弟，舅家翁。

临江仙·西路尕娘娘

新插髻盘堆雪，频摇秋叶嗔乖。金簪银鬓泡儿
钗。描成花样巧，绣姥凤头鞋。

还忆那时双辫，甚愁手托香腮？罗衫初尺剪难
开。请来姑舅嫂，羞把缎衣裁。

采桑子·洮州野蔬（七阕）

柳花菜

非关偏爱娇模样，年少轻狂，思绪飞扬，羞向东风碧玉妆。

也曾学得娱人状，别了春娘，卸了霓裳，聊作山蔬添齿香。

狼肚儿

从来野性难为驯，生也林菁，老也林菁，意待金风玉露明。

何堪鸳聚求真味，盛者浮名，累者浮名，梦断青花一片馨。

蕨 麻

怜君朴质生贫壤，为谢春阳。不媚春阳，分叶初萌引蔓长。

红珊玉碗儿时样，聊慰衷肠。别有衷肠，本是蔷薇一脉香。

蒲公英

谁怜别母愁滋味，漂泊天涯。清露寒沙，却道随郎便是家。

不同飞絮无从系，自有根芽。翠叶黄花，常向田头垄陌斜。

苦苦菜

少年何事堪知足，常羡豪奢，唯慕浮华，每食无鱼便可嗟。

老来识尽人生味，甘也厌些，苦也安些，喜见田头正出芽。

鹿角菜

山川自古如斯秀，林野幽幽。鸣鹿呦呦，谷寂云深丹客游。

仙灵挂角非无迹，偶落环丘。便化珍馐，青翠堆盘几欲流。

采蕨

六龙命降芳为甸，野蕨芊芊，其叶拳拳，可以馐吾荐玉盘。

香蹊忽转山歌艳，巧笑妍妍，人面娟娟，令我神迷兮忘餐。

金缕曲·新城红崖村聚会

风物堪言否？望阴晴、红花绿重，凤山青厚。指顾村亭名流久，苍树丹崖云岫，更翠色连绵碧透。俗事迭来如涛骤，勉觅闲、一日宜抄手。看童子，早恭候。

启轩已觉东风瘦。渐秋临、凉升露草，雾回烟柳。好趁秋阳开怀袖，我辈书生流后，莫论那青梅煮酒。学得平凡期天寿，捧陈醪、聊以新声侑。金缕曲，谢诗友。

金缕曲·高原秋雪黄花

萧瑟无言说。见南天、青峰几簇，冻云千叠。行听秋涛声呜咽，浅濑浊流漫泄。谁记得、同春澄澈？柔骨可堪风栗冽，笑黄花、也学梅花洁。枝上恨，蕊间雪。

华年忽似惊鸿瞥。正苍茫、烟笼故垒，雾迷残堞。六出飞沾原非梦，已是周天寒彻。料不免、香消玉缺。若少黄花空对酒，念黄花、应解人凄切。金缕意，送花别。

虞美人·春山

淙淙流水溅溅泻，枕石松荫下。丁香脉脉逐风柔，吹过莺啼数啭谷清幽。

小蹊行尽奇峰现，几缕云舒卷。故人不去利名忙，却在乱山深处看斜阳。

虞美人·立春

斜莺微雨空烟远，杨柳丝丝软。遥思陌上采茶人，应见江南初发一枝春。

高原岭雪犹如画，霁色寒光射。地清无以看花红，聊记一年春讯待东风。

调笑令·洮州上元春词（四阕）

元夜，元夜，最忆年年灯下。繁花千树竞辉，霓虹万点雪飞。飞雪，飞雪，飞上柳枝清绝。

元夜，元夜，玉宇清泠如画。映波漾漾星灯，当空寂寂月明。明月，明月，羡看人间欢彻。

元夜，元夜，处处琼楼丽舍。千门万户骈阗，长街小巷语喧。喧语，喧语，原是观灯归去。

元夜，元夜，暗把春君相谢。良宵过后东风，惊雷声里雨浓。浓雨，浓雨，处处莺歌燕语。

【越调·寨儿令】春节归人

节促春，雪缤纷，声声夜笛归远人。岭上山村，村里柴门，门外候双亲。几番离索乏身，一怀萦绕乡魂，年关惊旅枕，冷月见啼痕。奔，家酿洗风尘。

【南吕·骂玉郎带过感皇恩采茶歌】春岸柳

　　怜君底事常纤瘦？忍见古今愁！伤心最是清明
后，晓岸风，别舍笛，红绡袖。
　　木满汀洲，棹落矶头，柳堆烟，沙栖鹭，水旋鸥。
衣间渍酒，客里春秋，念楚腰，怀孤旅，系行舟。
　　丰姿幽，绿丝柔，千条万缕舞风流。往日依依犹
记否？重来不似少年游。

【南吕·骂玉郎带过感皇恩采茶歌】山丁香

　　轻烟细雨林泉秀，入壑问深幽，一溪碧浪孤峰
后，人噤声，莺语枝，云出岫。
　　片片风流，缕缕香稠，绿茵滩，白沙岸，紫汀洲。
空山寂寂，啼鸟啾啾，水清泠，花依约，雨绸缪。
　　雅姿柔，逸心悠，红尘几度总回眸。为谢年年相
信守，不辞花下作芳囚。

王林平

醉春风·漫步慈云寺分韵得"径"字

禅院通幽径，檀林闻玉磬。春光明媚庙堂新，静。静。静。玉佛楼前，五观堂外，梵音中听。

竹柏梅兰靓，丁香清梦兴。宅心尚德自然缘，幸。幸。幸。修木夸花，六尘笑对，体安心省。

胡文斐

故乡夏雪

偏州归燕晚，故国物华迟。
冰解清明后，霜凝仲夏时。
寒烟遮玉树，晓雾隐嘤鹂。
雪卧云飞处，江山一派奇。

秋雪黄花

几点轻灵学絮狂，如烟过处渐茫茫。
飞花不厌黄花瘦，偷占枝头作冷香。

丁耀宗

故乡雪

琼花飘故里，瑞气锁红山。
雪积丁家巷，风轻黄草湾。
行人相问讯，游子几时还。
袖手阳坡路，无非腊月闲。

除夕守岁

春风吹大地，雪落我窗前。
昨日耕牛歇，今朝已虎年。
思亲心意切，守岁夜难眠。
莫道关山近，回乡却是缘。

故乡春节

绿水浮云动，红山雪景生。
新年新气象，古月古风清。
处处灯笼挂，家家昼夜明。
山门迎远客，盛世颂和平。

大岭山雾凇

大岭山前赏雾凇，琼花遍野白茸茸。
千回百转盘旋路，一地凌霜冷色浓。

李英伟

旱遇春播（古体）

科技兴国亦兴农，依此高产夺年丰。
人尽其力及时雨，桃红又是一年春。

李英俊

麻娘娘的传说（长篇叙事诗）

题记：依据洮州民间故事创作的长篇叙事诗《麻娘娘的传说》，最早刊登于东陇诗社"山花集"第四期，收编于《东陇诗选》和《未名诗集》。《麻娘娘的传说》一经刊出，得到了社会广泛关注和好评，甘肃民族师范学院教授宁文忠先生在《西北民族大学学报》（哲社版）《江淮移民的草原吟唱——甘南藏区民间叙事诗〈麻娘娘的传说〉产生原因及背景探析》一文中就此诗产生的原因和时代背景，做了深入细致的研究分析，认为《麻娘娘的传说》是明代江淮移民到甘南草原后现实生活的需要和感情生活的升华，是江南民间文化和甘南藏、回等多民族文化相互交流、融合而产生并逐步发展起来的。麻娘娘的传说几百年间在草原上的江淮后裔的演唱和变迁中广泛流传，在某种意义上，已经成为洮岷地区的文化标签之一。鼎铭同志也作了专题评论。他认为长篇叙事诗《麻娘娘的传说》，作者把传统生活习俗和故事紧密联系起来，富有浓郁的泥土气息和地方色彩，同时加进了神话传说，使故事更加精彩动人。全诗语言流畅，故事波澜起伏，扣人心弦，结局悲凄，催人泪下。长诗中的麻娘娘，作为一个民间妇女，在短暂的一生中，为家乡人民做了好事，她的善良品德永远受到洮州人民的歌颂，成为洮州人民永久的骄傲。

一

洮州是个好地方，森林苍翠草原茫，
洮河流域田野沃，风吹草低见牛羊。
云绕莲峰压群岭，雪横岷山放豪光，
黑岭白石藏珍宝，玉笋石兔立山岗。
五千多年育文化，洮水源长生彩光，
民风淳朴人情厚，繁衍生息建家乡。

朵山钟灵毓秀藏，麓畔古冢葬皇娘。
传说至今六百载，名满洮州姓子香。
要知其人名和姓，有口皆碑"麻娘娘"。

孤耸巍巍朵山岩，座座青山拱朵山，
清风朝露生银辉，明月朗朗洒萧天，
树荫深处雄鸡叫，日照雾霭生紫烟，
小桥流水显茅舍，村南村北好庄田。

村上有个李老汉，家住黄庄务农田，
夫妻只生一个女，小名唤作李玉莲。
玉莲生来不平凡，落地红光护容颜，
三岁出疹脸发烧，麻娘声名从此传。
麻娘伶俐人贤惠，从小勤劳侍双亲，
黎明即起扫庭厨，茅屋虽小常洁清。
东邻大娘染疾病，常去担水又劈柴，
西舍老翁孤独居，洗衣造饭照料勤。
与村姐妹互疼爱，爽声朗朗似银铃，
里外家务一把手，针线茶饭样样精，

175

人人都夸玉莲好，脸麻心善一精灵。

同村少年名王辉，为人诚实耕读勤，
白日随父从农事，夜晚读书灯光明。
王辉也是独生子，爱慕玉莲藏深情，
青梅竹马两无猜，愿在海天比翼飞。
王辉不嫌玉莲麻，麻如腊梅点点开，
双方父母心中喜，只待成年良缘配。

夜来红灯亮闺窗，兜上绣花玉莲忙，
一对鸳鸯戏碧水，几树牡丹放清香。
王辉穿上心里暖，一针一线牵情肠，
六月骄阳热难当，王辉淋汗上集场。
白细草帽买一顶，送给玉莲好遮凉，
草帽虽轻爱情重，缕缕柔情绵绵长。
阳春三月天暖和，种罢田禾拾柴柯，
二人进林去拾柴，玉莲随口唱山歌。
"莲花山下冶木河，一对鸭儿一对鹅，
鸭鹅不离河中水，小妹不离情哥哥。"
王辉会听不会唱，只觉心里甜又热，
二人负薪回家读，山坡陡洼辉转挪，
走一程、歇一歇，一路欢欣一路歌，
朵山点头含微笑，祝愿世间良缘多。

双方父母年花甲，玉莲双亲体更差，
一年三百六十天，除去六十都卧榻。
春种秋收累王辉，求医照料把药抓，
玉莲冒雨拾草莓，孝敬二老乡邻夸。

田禾翻浪六月天，王辉玉莲齐下田，

176

声声"花儿"陶人醉，一对鹭鸶挽碧莲。
送得红日下西山，晚霞涂抹山头燃，
二人背草笑语归，牛背儿童稳如船。
夜雨淅沥侵茅庵，户户屋漏湿衣衫，
玉莲储有麦秆草，分送乡邻补漏檐。
剪花祥、裁衣衫，妇孺都爱巧玉莲，
心直口快助人乐，乡邻都当亲人看。
绿树荫浓护村庄，鸡鸣犬吠声悠扬，
户户农家织春锦，怡然自得乐而康。

二

孤灯夜照玉莲窗，一事绝密心底藏，
十岁朵山遇老道，童颜鹤发喜洋洋，
细观玉莲长声叹，此女后会伴君王，
麻脸罩壳会脱去，露真容时有祸殃。
玉莲不知玄机妙，恳求取壳焕容光，
老道用手轻摸面，玉莲感到脸发烫，
一层麻壳脱取下，复又急忙抹戴上，
嘱说不要轻易去，没有麻脸性命亡，
眨眼老道消失去，真真假假梦一场。

深夜脱壳自试赏，抹下麻壳心发慌，
面对铜镜照容颜，铜镜忽然生异光，
新容新貌美无比，秀丽风姿世无双，
从此含情不露真，美容只在壳底藏。

六月朵山更苍翠，狼肚蘑菇蕨菜香，
玉莲进山拾山鲜，孝敬病老把味尝。
林间平地一清泉，清澈池水映蓝天，
四周林荫将泉护，池中七只白鹤玩，

百鸟盘旋池顶舞，笙箫管弦阵阵传。
玉莲涉步惊鹤飞，忽见一只跌池边，
急忙上前去抢救，失足落入池中间，
水热爽身香气透，万道金光现眼前。
淹没头顶口咽水，模糊只听有人言，
"汝是天上七仙女，思凡降生到人间。"
奋力一蹬漂出水，脸烧发痒睁目难。

慌忙将脸抹一把，不料麻壳落水面，
忽然仙鹤冒水出，衔去麻壳飞上天。
失魂落魄怵目看，王辉呆立在岸边，
辉哥快快来救我，王辉奔跑扑上前，
拖得玉莲上了岸，出水芙蓉露真颜，
惊煞王辉仔细看，西施还魂到人间。
爱情忠诚晶如冰，心心相印柔肠牵，
回家择日成大礼，白头偕老夙愿还。
玉莲返家父母惊，重述救鹤二老听，
花容月貌历多祸，快给女儿完婚姻，
纳礼联姻把亲定，仲秋月圆就成亲。

三

麻娘换容奇闻传，乡邻惊诧面面观。
老人看玉莲，牡丹想容颜，
姐妹看玉莲，自愧形秽惭，
青年看玉莲，桃花春雨间，
天工彩笔难描绘，昭君玉环只等闲。

一传十，十传百，霎时轰动洮河山，
山旮旯里奇葩开，狂蝶刺蜂缠花来。
南乡富豪权势赫，公子殷宪骄横行，

攀花折柳寻常事，霸田夺产欺良民，
闻听玉莲换容事，邪心欲念肆意飞，
一见玉莲神魂倒，蛤蟆妄想占花魁。

殷宪心急差人来，送上绫罗百锭金，
要纳玉莲做小妾，如不从愿大祸临。
玉莲闻言气炸胆，强咽恶气劝差来，
寄言殷宪勿贪心，千金难买玉莲心，
财物原封返还上，我与王辉早定亲。
一时黑云压朵山，雹雨狂风任意摧，
殷宪横暴不讲理，一日三次带人来，
打手门客如狼虎，如不依从就抢亲。
玉莲盛怒把言进，"要娶就娶殷娘亲"，
王辉年轻血气勇，斥责殷宪少逞威。
乡邻早有怜念意，群起持械逐殷贼，
殷宪一见势不妙，如鼠过街众难容。
羞怒难当回宅第，转动小眼毒计生，
今日之事刻骨恨，誓打鸳鸯两离分。

四

含苞待放莲蓓蕾，暴雨霜冻互侵袭，
犬吠贪食流狂涎，地有腥血鹰眼疾。
皇王选美早降旨，道道圣旨催促急，
殷宪怀恨心不死，快马入城禀报急，
击鼓上堂忙叩首，"钦选美女在城西"。
州官严吼闻言喜，献帝美女有端倪，
殷宪呈报正如意，有美就有登天梯，
三生有幸能逢此，只待帝王树功绩，
此女若中皇帝意，脱却红袍换蟒衣。
若是民间平姿女，借机敲财肥囊私，

欣得春风遂人意，加重税役征收急。
千户百户来进奉，鹿茸麝香虎豹皮，
越思越想越神奇，自发狂笑如疯痴，
转脸厉声问殷宪，"你报美女可曾实"
殷宪叩拜发誓词，"不实你斩民首级"。

黑云压境欲摧城，朵山失色恸悲声，
州府兵马齐出动，三班衙役紧随从，
鸣锣开道坐轿往，果见仙女落凡尘。
州官当众宣圣旨，选送玉莲入皇宫，
晴天霹雳鬼神惊，病床莲父落魄魂。

衙役凶狠似狼虎，抢拥玉莲州府行，
讲理反抗有何用，呼天唤地无回音。
母亲拖住女儿衣，咬紧牙关不放行，
班头拳脚重如锤，一脚踢倒丧了生。
祸不单行从天降，玉莲气哑痛断肠，
王辉义愤据理讲，州官连声斥荒唐，
强权哪容真理辨，罪名抗旨下牢房。

朵山豪气冲霄汉，洮水滚滚卷巨澜，
众邻怜念孤苦女，群力据理谏州官。
玉莲劝散众乡亲，"圣旨自有我承担，
多谢乡亲怜我意，切莫为我遭祸端，
天子若能主道义，有朝一日申屈冤。"

五

州官轿抬玉莲身，前呼后拥尘蔽程，
一道乡路一行泪，轿似囚笼锁罪身。
堞如千张野兽口，孤城恰似酆都城，

州府衙门阴森森，软禁如囚难逃生。
功名利禄诱惑人，严旺眼红抢头功，
王辉身碍献美事，登高台阶骨累成，
后堂便宴召狱吏，如此这般有奖升。
牢房黑暗夜更长，王辉愤懑塞胸膛，
思念玉莲入虎口，又想父母痛断肠，
历历往事眼前现，今如身似待宰羊。
狱吏传去盘查问，言说明日放回乡，
亲手赠饮三杯酒，回牢只觉刀绞肠，
七窍流血遭惨死，碧血染红严旺堂。
严旺心想计已成，花开还须待东风，
画影图形飞章奏，千里奋蹄夜兼程。
一朝奏章到帝京，天子见画龙颜开，
钦差下马换乘轿，州官后边紧相随。
满城街道洒扫净，"肃静回避"绝鸟飞，
道旁百姓齐跪拜，缕缕香烟祝圣德。

摆宴三日洗风尘，钦差躬拜玉莲身，
见面不觉暗自叹，超图百倍真美人。
州府堂上宣圣旨，提升严旺总都兵，
严旺高升殷宪喜，先派家人送贺礼，
随后进府拜州官，万望大人多提携。
严旺深知殷宪意，地头蛇蝎龙难欺，
派你南路千户长，造福桑梓多出力。
玉莲已为皇亲贵，严旺鬼胎惧三分，
一日三次来慰问，生活起居照料殷。
玉莲趁势来发问，奸民殷宪可曾惩，
双亲遗骨谁礼葬，速放王辉出牢门，
如若有误奏帝知，惟恐严师失龙恩。
严旺俯首答所问，"上事件件已办终，

高堂臣已厚礼葬，王殷二人各奖惩，
乞望贵身多保重，得宠皇恩勿忘臣"。
含恨而视耻答言，哈巴狗儿在眼前，
只要看见腥骨头，摇头摆尾乞求怜。

六

愁云凄雨路漫漫，玉莲桥中泪不干，
瘴暗远山影渺茫，孤鸿近水悲寒烟，
几处枫林燃怒火，排排杨树剑刺天，
田园茅舍暮鸦哀，崎岖道路临深渊，
海眼难盛离别泪，朵山巍巍亲人恋，
几次回首朝西探，泪眼模糊望家园。

风凄凄、雨潺潺，玉莲心焦似油煎，
进京只身投火坑，此生无望再回还。
眼前都是伤心景，家乡河山情意绵，
腊月买来红头绳，母亲为儿扎小辫，
走亲戚、过节年，穿件新衣多喜欢，
荏苒光阴十八年，因露真容惹祸端，
父母惨死犹在眼，不知王辉身平安，
欲想自尽追亲人，其奈侍卫防护严，
幸有钦差人良善，安慰问暖又问寒，
始知天下有好人，对钦玉莲说根源。

钦差听罢长声叹，事实真相恳直言，
"王辉已死狱牢中，殷宪高升千户官，
应念严旺忠君事，劝声娘娘多周全"。
听罢钦言思茫然，头晕目眩欲哭难，
失声狂笑如疯癫，一息奄奄入梦间。
霜晨晓月路八千，心碎度日如度年，

幻想皇王开龙恩，舍弃此身不了缘。

七

城楼高耸旌旗红，京城繁华车马龙，
宫门深深生寒气，铁甲防卫水难通。
琉璃黄瓦宫殿雄，白玉栏杆两边分，
层层台阶武士护，肃穆只闻角铃声。
金銮殿前平台宽，麟鹤炉内冒紫烟，
两个铜狮镇殿宇，一对金龙盘柱间，
文臣武将排两侧，个个塑立不顾盼。
左右侍女挟扶护，推架玉莲登金銮，
只听有人叩门报，选女进殿拜龙颜，
跪地叩行三拜礼，皇上金口吐玉言。
耳边只听一声唤，美人抬头孤王观，
玉莲慢慢仰起头，日月牌前威仪严，
哈哈大笑龙心喜，果是人间一天仙，
当殿封为淑贵妃，问卿还有何事言。
愤恨怒火哽在喉，宁死也要报冤仇，
浑身热血往上涌，叩头谢恩有事奏，
"婢奴心有四件事，只待皇上做个主，
父母为奴有订聘，州官严旺枉杀人，
抢奴致死二爹娘，狱中惨死定亲人，
真情不报假情报，为争功名谎欺君，
人间冤孽污吏造，欺君之罪应严惩，
此事不办冤难消，天理良心何处容"
天子震怒众臣惊，殿传钦差问分明，
"贵妃所奏是否实，访查实情孤王听"
"贵妃所奏均属实，陛下息怒自酌裁"

皇王当殿下圣旨，严旺革职捕来京。

"二件何事再叙陈，为王与卿解愁容。"
"洮州贫穷灾荒地，赋税繁重民难生，
求王下旨皆赦免，牧耕生聚边民荣。"
"此事准奏文臣办，长济洮民贵妃恩。"
"三件何事往上陈，卿爱黎民朕赞称。"
"婢生洮地茅舍陋，风雨寒湿斯民愁，
房顶须盖阴阳瓦，一锹套房准须修，
烟囱直升冒房顶，妇女准饰凤冠头，
海水朝阳屏风画，婚丧礼仪效王侯。"
贵妃桑梓通皇家，面谕文臣把旨下，
"楼台宫殿任修造，周公大礼不准差。"
"四件何事从容讲，文武大臣共同听"
"父母双亡孝在身，行大婚礼辱圣德，
待奴守孝百日后，再陪君王入锦衾"。
"儿女自应守孝道，卿言准许按礼行"。
天子退朝众臣归，太监引导玉莲行，
处处宫门严关闭，一处专为玉莲开。

八

朝罢天子回后宫，后宫佳丽三千人，
六宫粉黛无颜色，倾国倾城在一身。
木秀于林风妒忌，花冠芳园雨必侵。
东西两宫露愠色，妃嫔醋意背谤谗，
侍宦谀讨皇后喜，献计霜打桃花开：
"新封淑妃必得宠，皇后要作巧安排，
了却心头冤家对，及早拔去眼中钉"。
天子后宫招玉莲，座上皇后伴君谈，
殿前施礼忙跪倒，奸宦投灰污衣衫，
清洁衣衫不染尘，拜毕立身怒气生，
当殿先把罗裙抖，回头指斥小阉公。

184

皇后得计眼角笑，转眼敛笑挂阴云，
离座叩头奏皇帝，"抖乱江山此女人，
陛下请准臣谏奏，斩首永远除祸根"。
天子示意后平身，指责淑妃失礼统，
玉莲怒目含愤泪，风吹荷花带雨浓，
君王柔怀未决定，摆手贵妃回后宫，
玉莲已知阴谋计，皇宫路险步难移。

一片黑云笼后宫，鸦噪庭树怪伤神，
画栋斑斑血泪痕，锦屏纱帐似樊笼。
侍女小娟低声告，"皇帝与后互议争，
天子不愿枉加罪，皇后不甘善罢终，
恭请娘娘多保重，须防后宫遇歹人"。
玉莲闻言心如焚，插翅难飞出火坑，
欲哭无泪兀发呆，卧榻不觉已黄昏，
红蜡照夜流珠泪，自燎己身放光明，
灯光影里恍如梦，父母伸手来接迎，
慈颜笑语告女儿，金黄田禾已收归，
母亲胸前女儿偎，母摸儿发温暖心，
仰望母亲满脸血，魂惊醒时倍伤情。

思念父母养育恩，未曾报答三春晖，
王辉情深已丧命，只因玉莲惹祸胎。
千思万想世念灰，留在人间散羞名，
洁身来世洁身去，富贵荣华毫毛轻。
迷迷糊糊又入梦，眼前王辉笑盈盈，
玉莲快快换束装，花轿已来到门庭，
上前按住亲人手，只见王辉血染襟，
惊悸捶胸大声唤，醒时罗衫汗水浸，
生未同室死同心，愿化蝴蝶双双飞。

银烛明灭室昏暗，窗外鼓打四更天，
焦灼心事人难睡，自是惊魂夜不眠。
家破人亡血泪恨，只为天子征红颜，
一死反抗神鬼怨，试看水翻压浪船。
梳头整衣视死归，从容撕绫床头拴，
富贵不淫穷人志，威武难屈女婵娟，
了却君王贪心事，洁身清白无瑕玷，
记取来年重阳九，坟头怒开傲霜花。
将头伸入白绫套，香魂渺渺染黄沙，
宫前花树浮云罩，阶下铜鹤思飞天，
秋日悲凄残月香，一缕香魂瑶池还。

九

天子金殿五更开，后宫侍宦报上来，
新封淑妃命薄贱，六尺白绫自缢裁。
帝知当殿亲口封，为给臣民显宽宏，
皇家大礼厚安葬，棺发洮州筑新坟。

洮州儿女泣苍苔，四野挽歌动地哀，
甘露浇洒洮州地，雪里开放报春梅，
洮水洋洋流珠泪，朵山苍苍起白云。

寝陵筑在朵山下，石猪石羊两边排，
侍臣武士相对立，圣旨门前青松栽，
百代城池经风雨，一尊高碑留芳名，
四时香火常祭奠，山河日月同光辉。
东陇山川好风水，皇后派人斩龙脉，
切断东郊老虎头，削去城北凤凰尾，
西北城垣截一角，惧怕洮民生王妃，

残迹犹存灵秀在，荒草陵头听惊雷。

一曲悲歌壮风雨，惟念茅舍换新庭，

日月重光新天地，洮州依旧气宏恢。

（终章）

丁海龙

术布吊桥

浅浅跫音过吊桥，东风飒飒雪花消。
年年俊影依如此，横卧长虹望九霄。

游青石山庙所见

隐隐山花古庙开，游人香客祷诚来。
钟声杳杳归休晚，明月清晖浣翠苔。

题临潭江淮遗风（新韵）

水墨丹青壁上行，粉墙黛瓦鸟争鸣。
江淮遗韵知多少？燕子来时草色青。

月明登楼

月明孑影喜登楼，抛与洮波半斛愁。
两岸青山巍峨在，一湾碧水一孤舟。

洮州端午节感怀

美酒千杯祭屈原，赋诗插柳鼓锣喧。
忠魂已去今何在？淼淼清波对赤轩。

闻新城"海眼"惊现白天鹅

半潭碧水一仙鹅，垂柳弯弯钓绿波。
疑是九霄天外客，白云冶影伴山歌。

江城子·洮滨访友

雨声三点柳杨明，水泠泠，草盈盈。半朵残红，
独对数峰青。山麓闲花迎翠鸟，浮薄雾，玉风清。
　倚楼静坐忆浮萍，望江亭，瞰沙汀。人海尘烟，
自是去来轻。难觅高朋何处有？三斛酒，一黄莺。

林彩菊

羊沙林野树莓

春深娇蕊已盈枝，果熟初秋韵入诗。
粒粒晶莹羞涩貌，高悬满树惹相思。

朵山妃子坟

荒冢萋萋半是苔，漫山云雾拨难开。
可怜妃子归魂处，风雨潇潇任去来。

忆儿时哈尕滩元宵放烟花

绚彩飞花亮夜天，流光错落万珠悬。
如雷鞭炮催春醒，明月清波醉意连。

咏洮砚

历经沧海桑田事，出土仍存天地痕。
洗月磨云方寸案，比邻松竹守清魂。

老坑石

深谷幽居兰结邻，餐霜饮露远凡尘。
方圆有度润如玉，频引骚人咏素真。

苦苦菜

不慕虚名本性真，扎根沃野绿如茵。
至今百姓设筵席，仍当凉调迎贵宾。

苜蓿菜

堆盘为菜邀乡客，满碗充粮济国民。
嫩籽柔枝当马料，老秆枯叶作炉薪。

魏建强

洮　砚

洮河万载草原来，鸟影花魂浸石坯。
待得匠心兼慧眼，膘黄鸭绿坐兰台。

忆扯绳

西门桥上闹元宵，力拔山兮势若潮。
震耳号声无处觅，花灯朗月两清寥。

拾麦穗

金秋时节正搬场，姊妹携篮拾穗忙。
蚂蚱惊飞山雉叫，也寻塄坎暂乘凉。

拾　粪

山村子弟知农事，散学携笼与粪叉。
打起黄牛休让卧，干稀大饼背回家。

武 锐

花 儿

百折江南梦，千回乡土歌。
两莲才出口，双泪已滂沱。

六月六花儿会（新韵）

石枕听松语，繁星缀满天。
钟鸣山色外，鸟啭莽林尖。
抛手千千事，清心朵朵莲。
花儿方起劲，歌者不思眠。

洮州脚户哥

铜铃隐隐走天涯，漫续花儿向晚霞。
误听蹄声惊念远，绣针伤指泅罗纱。

盖碗茶

一盏三台藏八宝，地承天盖蕴醇香。
嫩芽慢啜时光远，轻刮山泉世味长。

地 耳

东风一夜谷溪潺，绿草丛中缀满山。
跌碎醉仙青玉盏，和同美味落人间。

鹿角菜

密林草莽隐身名，采撷遥遥有鹿鸣。
择洗翠枝堆玉碟，犹伸犄角意难平。

蒲公英

愿为苦寒祛疾药，不当馥郁室中花。
白头风雨心不改，岸畔河沟即是家。

冯旗十六打切刀

冯陈褚卫千家乐，旗鼓锣铙闹岁年。
十面围观人汇海，六音悲怆土弥天。
打家劫舍强徒恶，切片分瓜绝艺专。
锥刺刀剜曹妇勇，记碑刻石永流传。

观洮州万人拔河（新韵）

千年洮地闹元宵，万众拔河祝舜尧。
八面人集如汇海，五族声庆似惊涛。
群情踊跃拧一股，巨蟒徘徊斗两条。
但愿此时冬雪瑞，春来到处景妖娆！

俞文海

鹧鸪天·洮州端午节

古镇沧桑沐日光，洮州五月闹端阳。龙神岁岁长街赛，猎猎旌旗气势扬。

求富足，望安康，清辉映照古城墙。民间物俗承千载，上溯如同洮水长。

何子文

望南山

野草掩幽径，村人忙采蕨。
南山思结庐，不负松上月。

甘南行

青山覆云影，野户起炊烟。
草茂花繁郁，风来两淡然。

秋日忆洮州行并寄亲友

日暮辞林野，清晨别旧城。
回看杨树立，四顾岭峥嵘。
疏雨怅然落，浮云自远行。
气凉花渐敛，霜降雁将鸣。
山兀朔风厉，地偏天少晴。
寒暄寄亲友，福禄总丰盈。
短聚同欢宴，长离共月明。
去乡游子意，时念故人情。

李玉芳

"海眼"观鹅

一池春水漾清波，翡翠盘中栖皎鹅。
踏步游人迷秀色，我伤孤影不成歌。

捉蝈蝈

日暖风轻映艳阳，携儿伴母赏秋光。
小童偏爱高鸣蝈，追逐擒来笼里藏。

咏　雪

六瓣飞花轻似梦，柔情朵朵几回真。
生来本是云前客，心醉清风落九尘。

冰　花

瑟瑟寒风叩万家，疏窗昨夜绣冰花。
朝暾一出无踪影，空有余情对碧纱。

咏洮绣

玉手纤纤喜女红，引来彩蝶锦花丛。
银针金线藏真巧，织就痴情罗缎中。

剪　纸

野鹤闲云纸上雕，黄蜂紫蝶百花邀。
青锋利刃留春驻，剪下河山分外娇。

王玉喜

观范绳武碑（新韵）

鸿硕树清风，盈门弟子声。
授书传大道，碑颂惠泽功。

洮州秋菊（新韵）

一场秋雨一场凉，昨夜群芳卸丽妆。
唯有黄花犹秀艳，枝头无限尽含香。

吴世龙

题惊蛰

惊蛰时临万物催，春潮化雨响风雷。
高原草色青还浅，帘外银装入眼来。

洮砚赋（古体）

颖出洮水间，天地蕴菁丽。
质坚莹碧波，鳞光曜纹理。
浸翠抚温滑，雕琢堪玉媲。
金贵兼黄膘，谥名鸭头绿。
呵气凝珠花，贮墨不干滞。
月融奉香案，云湿便研洗。
骚客竞相逐，藏家供阁扆。
盛世更风流，回归献觐礼。
若能得一方，润毫抒胸臆。

何忠平

秋 感

晴天无两日，自夏雨来稠。
霜冷边陲地，雪明千嶂头。
萧萧秋叶下，滚滚大江流。
节序逾寒露，更深涨客愁。

李广平

戊戌端午前采艾有寄

微蒙香艾绕，玉指采春忙。
千祀团成梦，随心到故乡。

踏莎行·乡愁寄思

　　陇上初寒，高天云断，过邻把酒黄花粲。归乡坐
忘又经年，尽欢最是儿时伴。
　　凤岭霜浓，卫城霞灿，秋风渐起洮河岸。斜阳影
里唱归人，歌声更比蛩声慢。

时代临潭

冶海冰图：冶海位于临潭县冶力关镇与八角乡之间，又称常爷池。属高山溪流和地下水汇集而成的天然堰塞湖。值数九隆冬，冰封湖面，冰层又现水晶迷宫，宝塔楼台，山川人物，百工器物等等，所有自然万象，无奇不有，因称"冶海冰图"。亦为洮州古八景之一。图片来源于清光绪本《洮州厅志》。

韵染春风话小康

李 锐

改革开放四十年来，惠泽于伟大祖国的繁荣昌盛，家乡面貌发生了翻天覆地的变化，这里社会稳定，生活幸福，青山绿水，风景如画，人民安居乐业。以洮州诗词楹联学会会员为代表的临潭诗词爱好者们，挥动生花妙笔，唱响主旋律，讴歌新时代，抒写新生活，描绘新画卷。一是赞颂家乡新貌，写山河锦绣，人文荟萃。如"云白山青菽麦香，溪流婉转绕村旁。花遮柳护隐亭角，啼鸟浓荫闲弄簧"（张俊立）；"深巷幽幽送暗香，丹青白壁画屏长。行来莫似江南路？几度犹疑到水乡"（李玉芳）。二是讴歌乡村振兴，描绘人民幸福，安居乐业。如"室外冰封雪正狂，膜棚处处泛春光。黄瓜架上金花艳，豇豆畦中嫩蔓长"（石文才）；"白墙黛瓦净心烦，花映门庭远市喧。犬吠鸡鸣闻小巷，客身疑惑在桃源"（王林平）等等，可以从中真切地感受小康社会人民的幸福和快乐。三是歌颂小康社会，凸显建设成就，展望锦绣未来。如"电脑手机连世界，农庄超市炫虹霓"（石文才）；"杨叶初开绿渐浓，山乡无处不东风。梨花未白桃花小，雀嘴方青莺嘴红"（胡憬新）；"谁见寒天瓜果香，千家寨里满琳琅。一棚春色高原秀，忙坏洮州致富郎"（马锋刚）等，这些诗作情景交融，勾勒出一幅幅现代农村的秀美画卷，是乡村振兴建设成就和临潭人民幸福生活的真实写照！

【时人吟咏】

何谋保

红花绿绒蒿

遍野铺绒毯，旌旗绽笑颜。
凌风飘渺去，若仙入云端。

白露日感怀

天高清气爽，白露夜生茫。
秋雨如烟起，花飞思故乡。

甘南草原寄怀

满目苍烟翠峰间，花开遍野映心澜。
新朋故友知何度，把酒相约曲水边。

黄　河

长河万里通古今，厚土千秋育豪情。
浪激花飞呈异彩，抒怀高唱海波平。

又见甘南

经幡摇曳梦如烟，七月甘南美若仙。
满目绿绒格桑艳，牧歌悠远白云边。

廖海洋

临江仙·冶力关森林公园

隔断红尘三万丈，清凉别有洞天。游人到此忘忧烦。氧吧清脑肺，泉水洗心肝。

栈道凌空回望处，乔松巨石根蟠。足音惊起鸟飞旋。山花开不败，野味屡尝鲜。

仇金选

临潭秋日行（二首）

三秋野旷白云轻，一路新黄照眼明。
喜见乡村丰稔象，参芪品好问行情。

洮河伴唱直朝西，似梦烟云压岭低。
两岸秋枝时入眼，一湾碧水乱敲堤。

周学辉

满江红·旷世伟业
——写在脱贫攻坚收官之时

锣鼓喧天，新村里、喜添气象。送目看、路宽花艳，窗明人爽。上学吃穿愁永去，住房治病灾无恙。束装、与我众贫民，同吟唱。

宣政策，心智壮。扶产业，牛羊旺。借人才科技，乘风超浪。已摘穷名成旧史，齐参伟业留红榜。待来朝、醉在画中乡，归程忘。

八声甘州·脱贫攻坚战胜利有感

序：本人作为第一书记和驻村帮扶工作队队长，亲身经历了脱贫攻坚这一伟大的事件，有感而填词。

看山村处处舞歌欢，老幼喜洋洋。醉新房宽敞，小溪清澈，大路花香。户户钱多肉足，礼貌友情长。笑赏眼前景，未负时光。

又忆当初承诺，定扶贫济困，摘帽成康。叹白天黑夜，衣湿露和霜。念亲人，倚门痴等，梦几回，提笔更愁肠。醒来听、染朝霞处，牧笛悠扬。

石文才

范家嘴文化广场（四首）

画墙映耀绿茵坪，倚阁看山听柳莺。
古拙融和时代貌，天工巧夺自然成。

广场漫步纳清凉，曲径微闻百卉香。
养性怡神幽静地，茶余饭后入仙乡。

凉亭曲径现恬幽，浓绿成荫芳草稠。
极目欲穷葱岭外，怡情可上白云头。

赏画休闲品茗茶，亭台轩榭绕云霞。
洮州古郡添新景，构建和谐惠万家。

题孙家磨村彩照

熏风吹过现骄阳，翠柳蓝天衬白墙。
燕语声声歌妙曲，繁花朵朵溢幽香。
临图看去心神悦，顺季迎来步履昂。
最喜农村除旧貌，新居替换老磨房。

题冶力关镇

红楼绿树衬平田，陇上明珠冶力关。

东展莲峰仙石美，北开冶海画图妍。

将军万载眠胜地，赤壁千寻生紫烟。

绮丽风光游客醉，花儿阵阵荡心弦。

羊永镇

远避城嚣梦渐圆，江淮习俗至今传。

田间麦涌千重浪，寨后楼遮十里川。

犬叫莺啼声妙妙，人来车往影绵绵。

孩童追玩广场阔，农妇浣衣溪水边。

题业仁村绿色蔬菜基地

原生食品出农家，绿色扶贫显物华。

棚室秧苗披翠玉，田畴菜笋映红霞。

无污环保商家喜，有益共赢众口夸。

引领乡亲奔富路，围炉举酒话桑麻。

膜棚春色

室外冰封雪正狂，膜棚处处泛春光。
黄瓜架上金花艳，豇豆畦中嫩蔓长。
韭菜圆葱争翠绿，番茄辣子竞红黄。
人勤造化和风暖，汗水换来蔬果香。

题戚旗村（二首）

红砖黛瓦映门墙，拔地新楼正向阳。
白土坡中镶翡翠，三仙坪里问沧桑。
戚家泉水流千载，高帽炮台护二乡。
大小边沟菜花灿，盖沟顶上牧牛羊。

政治中心地域殊，与时俱进不忘初。
扶持贫户摘穷帽，建设新村改旧厨。
强国殷家圆梦想，种粮栽药展宏图。
沿街小店融商海，化雨春风万物苏。

夏日店子村

远避尘嚣梦自安，山歌婉转久回环。
田间麦涌千重浪，屋后烟缭几座山。
蛙唱鸡鸣声漾漾，日移柳摇影斑斑。
多情蜂蝶嬉花舞，新舍门前碧水潺。

六月六王清洞

风和日丽沐晴阳，各路乡亲赶会场。
秦戏悠扬声乐耳，花儿婉转意牵肠。
盘山石径人潮涌，环道地铺商贩忙。
盛世欣逢年景好，农家欢喜享安康。

题店子九年制学校

满园桃李沐朝阳，义务九年兴梓桑。
屡次县州居榜首，始终行业占前强。
黉门奋进乡民喜，学子成才教育昌。
幸得师生同努力，全凭佳绩铸辉煌。

题李歧山村（二首）

小村躺在半山巅，冬去春来景灿然。
鸟唱无心传远近，花开有意显娇妍。
红泥欲与霞争彩，绿树还同草比鲜。
油菜金黄蜂蝶醉，农人喜笑乐尧天。

金盘献寿五峰偎，崇尚文明屡夺魁。
耕读人家勤为本，山乡子弟苦相陪。
虽无彩凤鸣歧岭，却有书香拂学台。
传统千年成习俗，农家代代出贤才。

店子颂（排律新声韵）

地处临潭黑岭西，村名不显少人知。

舒心最是尘嚣远，放眼依然景色奇。

老巷新街鸡语乱，红楼绿舍犬声稀。

门前一股潺潺水，屋后千层郁郁畦。

院小能邀明月满，檐高反觉彩云低。

晴窗对岭朝霞近，翠柳凌空夜斗齐。

岗上青松思夏雨，梁间紫燕垒春泥。

厨烧野味馋犹望，案摆山珍香可期。

且慢贪杯夸海量，何妨让马了残棋。

广场喜见童翁笑，旷野还闻布谷啼。

火炕防寒饶有趣，熬茶待客漫无题。

四郎庙里香烟旺，仁美坟前野草萋。

山顶烽墩铭战火，村前碑志记贤师。

唐砖宋瓦残垣在，江韵淮风待考稽。

黑岭乔松联八景，洮岷古道走千骐。

今逢盛世圆宏梦，阔步康庄谱史诗。

覆地翻天除旧貌，脱贫致富树新旗。

耕读病老皆能补，穿戴住行俱入时。

电脑手机连世界，农庄超市炫虹霓。

和谐更胜桃源境，大道通天免问溪。

新 堡

身居福地似桃源，阡陌纵横锦绣川。
洮水钟灵滋沃野，石山峻秀住神贤。
一条碧带环新堡，万朵红霞映古船。
六月良辰人集会，花儿秦剧唱丰年。

题八角镇

翠映川原分外妍，此中风物倍堪怜。
黄蜂嗡嗡花间舞，粉蝶嘤嘤蕊上旋。
彩雾沉浮岩岫里，馨香馥郁涧溪边。
裁红剪绿穷搜句，难绘山乡锦绣天。

古战镇

群峰环峙锁牛城，古堡滩头翠色荣。
万壑春声思往事，一湾秋水寄幽情。
新楼光显繁华世，古道尘埋吐谷名。
且喜神庵旧时月，今朝朗照庆丰盈。

长川吊弯梁观景台

李岗岭上起高台，彩幕画屏三面开。
万叠梯田痴对影，千重云雾巧纡回。
春来阡陌锦如织，夏到峰峦绣作堆。
腾步飞身仙界外，怡神悦目净尘埃。

卓洛新貌

村风淳朴誉洮州，满目田园景色幽。
乡野生辉成胜境，画廊焕彩映新楼。
清真菜式迎宾客，特色民居入镜头。
秀美农庄人共赞，小康路上笑声稠。

羊溪河水库新貌（二首）

镶在群山僻壤间，禾田绕岸彩云旋。
千条鱼跃湖中影，万道波摇水底天。
远近村居环境美，往来游客逸情牵。
羊溪大坝澄泓处，赏景烹茶不慕仙。

大坝当年众手修，夯歌昼夜震山沟。
施工岂管晴和雨，垒土焉知冬与秋。
百社齐心谋灌溉，千溪聚水泽田畴。
而今库地添新景，远客豪车岸上游。

220

风入松 · 生态文明教场村

白墙垂柳掩门堂，满院花香。彩云轻雾弥天际，举目望、蓝紫红黄。更有莺歌燕舞，爽风掀袖撩裳。

文明村镇气轩昂，闹市仙乡。惠农政策添余庆，党扶贫、奔走康庄。树下约邻小酌，主宾共醉斜阳。

鹧鸪天 · 夏日八角

沟壑繁花展画廊，新楼次第映霞光。苍松翠柳随风舞，雏燕雄鹰绕岭翔。

人惬意，雾弥香。禾苗茁壮绿山岗。村姑嘹亮歌喉起，一路花儿唱小康。

一剪梅 · 赞李岗村

春到山乡喜若狂。绿染川原，惠泽村庄。文明环保唱新腔，人显风流，地显风光。

谈笑风生赞李岗。精准扶贫，富了穷乡。小康路上谱新章，先创繁荣，再创辉煌。

鹧鸪天 · 喜迎"二十"大

马列光辉引路灯，京畿盛会聚群英。峥嵘岁月辉煌铸，大道星光禹甸荣。

谋国策，惠民生。开来继往又长征。宏图远景精描绘，万紫千红处处馨。

马锋刚

忆园里

昔饮洮河水，今听漠上风。
桃源耕旧事，梦里月融融。

牧场沟

山里人家少，林深秋雨多。
草菇生白露，野鸟唱飞歌。
霜树红空谷，烟村隐北坡。
牧声鸣远近，云影几婆娑。

杨家桥村广场

浓荫初夏隐娇莺，几处乡邻笑语盈。
曾是荒芜腌臢地，青山绿水绕村萦。

石旗崖

百仞岩崖立作屏，千家村寨得安宁。
曾经十里闻鸡犬，满目荆蒿不忍听。

羊永镇所见（新韵）

新镇旧乡已焕然，农商两务互无耽。
洋楼土屋消冬夏，老幼相携各未闲。

八角花谷

蝶舞蜂飞晴满谷，闲人逸燕话新时。
常闻北路桃源再，一旅山程一首诗。

长川采摘园

谁见寒天瓜果香，千家寨里满琳琅。
一棚春色高原秀，忙坏洮州致富郎。

忆夏游王清洞

崖壁红岩洞洞连，仰观悬寺绕蓝烟。
残痕熏迹千秋老，续断经声若许年。

甘 沟

空壑无溪汲远忧，田家肩硬担春秋。
逢时不用三更起，户户甘泉满管流。

新 庄

羊沙河水绕寨流，土沃田平绿树稠。
十里闻鸡烟气散，浓荫丛里雨绸缪。

乔子川

云脚人家气若仙，耕星种月梦常圆。
泉心林眼生祥雾，秋色一镰金满川。

下 河

河声欢处有人家，灯火明时出彩华。
最是春台六月会，村人闹到月镰斜。

三 岔

三沟分岔汇溪流，半壑斜直任去留。
过往洮岷经要道，天迟借宿有高楼。

鹿儿沟

生云山外碧连天，雨霁林新响杜鹃。
深壑藏溪流翡翠，携春骑鹿可成仙。

卓 洛

卓然乐土有新村，莺柳画墙春满门。
吹遍惠风连梦雨，家家得意志长存。

农 闲

农闲五月杏青时，三两香腮软语嬉。
千缕彩丝描锦绣，绣成先教远人知。

洮州田园歌组诗

一片春云过涧来，谁家少女汲泉回。
清明要酿甜醅酒，笑语盈盈喜满腮。

风翻麦浪浪翻风，雏鸟孤鸣白羽丰。
秋意渐肥秋韵美，欢煞满野捉蝉童。

天晴摊麦晒秋晨，碾碎金光日月轮。
动地连枷风带舞，抛扬雨雪落精神。

春夜凄凄喜雨频，畦畦清露韭葱新。
晨耕南亩呦歌远，檐上晴云碧彩鳞。

走羊沙

常忆从前走北山，攀云踩雾野林间。
饥肠鸣处干粮少，倦腿酸时道路艰。
眼看斜阳余两拃，心忧幽壑有三湾。
蟾光落地沙河响，户户柴门夜不关。

鹧鸪天·万人扯绳

一扯长绳六百年，洮人岁岁闹中元。喧雷噪鼓争南北，撼岳兴潮动地天。

拔河索，挽狂澜，喊声惊醒老陈抟。高原儿女崇和睦，各族同心共力牵。

清平乐·赞临潭双龙铜器厂

熔金铸梦，巧手雕龙凤。多少功夫唯美用，灿灿铜光闪动。

大器满目琳琅，远播佳誉藏乡。神火一炉燃起，富了左右邻桑。

行香子·李岗新村

绿水青山，雪域高原。说农家安居桃源。文明现代，发展空前。见童如画，壮如虎，叟如仙。

南畴播梦，北畦成美，叹乡村沧海桑田。人人微信，网络互联。正春风柔，秋风细，夏风甜。

张俊立

孙家磨村题壁

粉墙如雪玉楼高，绿树入云花影摇。
啼鸟声轻风里远，人随落照过平桥。

周末携小女往东明山汲泉

银霜覆瓦月西偏，小女相从去汲泉。
玉盏红炉茶细浅，日高袅袅起炊烟。

郊口村广场

晨行随步河桥旁，初日疏林掩广场。
积雪净匀无屐响，枝头一鸟忽悠扬。

送高众老师挂职期满离潭归京（二首）

远别京华洮水头，扶贫挂职两春秋。
润心助力挥神笔，文学之乡传不休。

霏霏细雨夜来柔，把盏殷勤君悦楼。
鹏程明日关山路，文字因缘驻心头。

夏游红崖村公园（二首）

云白山青菽麦香，溪流婉转绕村旁。
花遮柳护隐亭角，啼鸟浓荫闲弄簧。

莺啭柳荫幽径长，儿童竹马荡桥忙。
花裙皓腕车厨净，凉粉酿皮任你尝。

题红崖紫云寺

山花烂漫燕群翔，古寺悬崖影半藏。
劫后莲台灰烬在，门前流水送斜阳。

环卫工

长街小巷见身影，星月在肩霜在眉。
擦亮城乡留净美，小车推走累和饥。

初夏过洋溪河坝观大泉

碧水迎风波尾长，浅芦时有鸭栖藏。
山泉已解千家渴，浅草黄花正吐芳。

旧城西河泉重现有感

干干河不干，本有一泓泉。
今又见天日，村邻奔走传。
嗟余尝往验，汩汩复潺潺。
砌植画栏柳，岸边常听弦。

仲夏左拉村

暇日寻郊外，小村山后藏。
农家篱落近，泉水瓜棚旁。
牛背浮云白，风前油菜黄。
巷中行悄悄，随处有花香。

七夕昼登新城雷祖山打匾拓

金风思玉露，秀野碧云晴。
未有鹊桥约，翻成雷祖行。
山门依旧立，庙柱焕新明。
遗匾楼头在，字题怀世情。

羊 沙

羊沙有山水，万木更葱茏。
姹紫嫣红色，高冈明月风。
淙淙听秘境，袅袅望晴空。
屋舍平畴近，放怀天籁中。

读马锋刚老师《山花绝句系列》

慰情何物真，花草有精神。
四野生颜色，一盆看几春。
香随流水远，叶拂凯风新。
笑靥常漫烂，入诗尤可人。

核酸检测点医护

她穿防护服，银甲显英姿。
黄叶萧萧落，长龙缓缓移。
风寒侵骨冷，任重问心知。
日暮鸟归尽，冰凉汗透肌。

临卓咏

洮流出西倾，两岸景缤纷。
卓尼看山水，临潭品人文。
泉清飞瀑练，壑深望松云。
幽径花池柳，曲桥桃李村。
小姑居几载，长辫别三根。
临卓常连称，乡音乡俗纯。
诗风流韵久，佛寺美名闻。
道契每忠厚，天然或率真。
故亲多百姓，融洽胜比邻。
洮州原一体，建置合分频。

临潭县档案局迁馆有题

楼拆档封忽十年，张皇无措历三迁。
兰台人老斜阳外，陌上柳新流水前。
国计民生千秋事，尘埃故纸几春烟。
晴窗万卷今重理，兴废关情待续传。

全国脱贫日

面朝黄土背朝天，自古生民衣食艰。
四海闲田力耕尽，九州枵腹泪凝斑。
而今鼎鼐余甘味，从此锦衣辞旧颜。
振兴乡村再圆梦，百年回首续登攀。

久雨初晴与友游八竜池

登山举目见鹰翔，草茂花低冈阜长。
云映流波千古在，人旋走马一时忙。
春兰已是风中谢，夏麦不堪阴里黄。
指点龙池辨龙脉，闲来此地说兴亡。

送溪流赴夏河就任（歌行体）

秋风飒飒转天凉，骊歌一曲秋云长。
秋雨平添洮水波，离杯在手思如何。
家山风景正待赏，三年同赋临潭歌。
登高正欲约重阳，忽闻车往漓水旁。
名刹古镇拉卜楞，桑科草原鹰高翔。
此去恰宜开境界，更将奇花入诗肠。

长相忆·送陈旗移民（二阕）

别洮州，往瓜州，杨柳桃花春弄柔。故园难再留。
春到秋，乐与忧，洮水年年梦里流。青山古渡头。

柳渐长，别故乡，红杏纷飞残苑旁，分襟泪满行。
情堪伤，莫断肠，丝路悠悠亦梓桑。瓜州酒也香。

李 锐

题孙家磨村彩照

绮丽风光瑞气飘，粉墙绿树景难描。
山乡彩绘原非梦，镜里霓虹是小桥。

山乡小村

无堤水岸绕孤村，雾隐农家树隐门。
野鹤偏怜人迹少，频添足印到沙痕。

假日鹿儿沟野游

百里驱车过板桥，青山滴翠耸云霄。
熏风不懂风流事，摇动琼林倩影娇。

园尼村

筑坝生成堰塞湖，烟波淼淼乱飞凫。
渔夫莫动船头桨，搅碎云天水墨图。

石门口

石锁烟云雾锁纱，波光水影绽明霞。
山河荟萃生洮砚，墨韵神州耀物华。

重阳日酒醉马捻滩

驹光尽逝鬓添霜，莫怨秋风杂草黄。
旧友新逢忠义酒，贪杯不厌醉斜阳。

马营河

青山绿树两相迎，碧翠林荫踏草行。
五月骄阳来饮马，长堤细柳鸟争鸣。

忆业仁村遇儿童戏水

潺潺柳荫阻溪流，光腚儿童入水游。
脱解轻衫忙救护，撩波湿我至眉头。

甘沟村（二首）

水断甘沟史失传，岂知御驾至山前。
村民不识寡人意，吝惜一瓢悔百年。

林园果圃花香菜，拌粥熬汤慰午餐。
红嘴绿鹦迷未解，难帮御膳释疑团？

三岔敏家村

清溪曲折杏花红，石径弯弯绿树丛。
犬吠声声人不见，墙头露出两儿童。

春日桃花岛

浪打沙滩去又回，桃红杏绽满河隈。
柴门一首风流调，尽惹闲情岛上来。

术布风光

野杏山桃入翠微，波光点点彩凫肥。
烟村十里堪为画，倒影森森绿四围。

鹿儿沟旅游点（新韵）

一览群峰万仞青，酒旗猎猎隐沙汀。
于今致富无门槛，柳叶深深有路径。

春日过喀尔钦乡

叠嶂参差入眼来，烟岚缭绕野云台。
山桃欲学梅争发，竟与青松一岭开。

庙花山村

六月山峰雪未消。僻秦不怕住云霄。
标杆党建新风貌，吸引游人尽折腰。

庙花山"花庐"民宿（二首）

样板高端品位真，农庄智慧远嚣尘。
增收已换新模式，示范勤劳致富人。

彩笔难收四季花，峰头窈兀绽明霞。
游人最爱花庐宿，醉卧田园富庶家。

夏日红崖村欢乐园

红颜走秀发披肩，绿树朱帘映碧泉。
巧蹭公园无线网，佳人背影暗中传。

夏日郊游

休闲约友放歌喉，麓畔山花替我愁。
惧怕清风来摘帽，无才不敢出人头。

范家嘴百姓舞台（三首）

白玉雕栏绕画轩，村村各自有公园。
农家乐享天年地，曼舞轻歌月季繁。

槛外梯田绿难禁，山衔溪水伯牙琴。
四围落照炊烟起，聚缘亭前说古今。

南墙月影暗离亭，槛外银河万点星。
夜已阑珊人未静，儿童独自扑流萤。

十里花谷

一坝方开一坝拦，嫣红入水隐栏杆。
游人只道山乡好，误入花丛作景观。

立秋日上东明山萃秀亭

萃秀亭前汗雨淋，扶栏正欲解衣襟。
知音恰似林间鸟，语报秋风已到临。

当　归

青秆翠叶碎花匀，漂泊天涯本意真。
匣内馨香宜入酒，一杯足慰远行人。

临潭城关左拉村光伏发电厂

崇山峻岭架琴弦，弹奏欢歌助梦圆。
电越千峰连九域，光能万伏出银田。
丹心难污储红日，硅板朝阳揽盛天。
福祉民生甘露降，神州复兴启飞船。

重　阳

登临送目雁南翔，阵雨秋风见菊黄。
入眼新林充旷野，飘零旧叶满山冈。
茱萸未插诗情浅，颗粒丰收意味长。
变幻人生容百感，光阴荏苒又重阳。

霜降日过尕弯梁观景台（二首）

寒风吹面露添凉，转眼青山百草黄。
鸣笛飞车惊玉兔，挥鞭稚子牧肥羊。
山前矗立新村寨，岭后搬迁旧瓦房。
绽放宏图圆绮梦，农家扩步迈康庄。

踏阶登顶野花黄，耀眼层峦五彩妆。
瘦叶凌空归故土，寒霜染树艳他乡。
亭前雁阵穿云翳，脚下农庄打碾忙。
雪盖迭山浓雾绕，耸天缥缈闪银光。

池沟村委会初心亭

整洁民居冶水滨，玻璃屋面焕然新。
霓虹翠影千层画，巷陌寻经万里宾。
陇上标杆留典范，山庄锦绣富乡邻。
诗人笔下亭无数，耀眼初心最可亲。

如意红崖村

恬园秀阁卧清波，绿树红花鸟唱歌。
柳发莺梳嫌日暖，枚唇蝶吻喜风和。
虹桥倒映摇人影，绣石翻珠滴雨荷。
古邑千年知兴废，春光十里耐消磨。

240

纪念建党一百周年

福祚绵长梦可期，寰清宇顺靖天时。
贤仁辅佐民殷富，惠政亨通国运祺。
出海翔龙鹏展翅，巡空猎隼佑丰碑。
航程百秩春风劲，棹鼓扬帆竖党旗。

六一杂感

昨日儿童今日翁，红尘岁月快如风。
常存稚嫩初心在，漫洗铅华志未穷。
活捉蜻蜓添雅趣，闲关蚂蚱入囚笼。
云烟往事成追忆，喜乐当年一例同。

胡憬新

庙花山村

山势芙蓉地势盆，妙华依水现新村。
初心但把民心铸，便化春风入户门。

壬寅春日过孙家磨村有感

石磨木轮同水悠，老房曾立老村头。
浅溅槽上春苔绿，吱扭声中日月稠。
青瓦粉墙三进敞，东风杨柳一枝柔。
行来不见当年景，唯见尧民击壤讴。

山村秋社

云间山路净无沙，零落疏疏野菊花。
几处秋声听社鼓，一湾烟树寄神鸦。
村台逼仄犹容角，布帐清凉可待茶。
意趣还输蓬首子，华亭背对过家家。

洮河早春

初访春光二月中，青帘翠幕渐蓬蓬。
雨溶垂柳千丝绿，风激飞花万点红。
三径啼莺深树里，数家流水小桥东。
行来欲借闲庐驻，草木山河一梦同。

循洮东行

行遍洮流十二川，一川村落一川田。
春山有意横青幛，新柳无丝不绿烟。
碧岫隙中云缕缕，桃花香里蝶翩翩。
探知雨后风摧爽，携酒重来看雨天。

行香子·旧城春夜

雀隐娇声，影失层城。画痕微、月涌东明。千家
人语，万户星灯。过春风软，和风醉，晚风清。

重重似幕，迤迤如屏，何妨作、归老严陵？洮
阳晴日，水笑山青。有草儿欣，花儿媚，鸟儿鸣。

南乡子·王旗琐记（三阕）

洮河北去

何事却回头？满眼洪波只北流。携取青山无限意，悠悠，欲济荒尘不肯收。

泽被几春秋？襟带洮岷是故州。拟纵沧浪如一叶，仙舟，载去生民万古愁。

山村新貌

久为在樊笼，偶至山乡意兴浓。更喜清凉逢细雨，蒙蒙，绿树红花掩映中。

村首遇归翁，指语淳淳有古风。青瓦明墙新建户，融融，二十年来早不同。

山村道中

行处夜深浓，山一重兮路一重。试借溪流清倦眼，蒙眬，蓦见晨星沐晓风。

朝日透曦东，别样尘寰梦醒中。待到机声人语起，彤彤，天半云霞似火红。

临江仙·山村晨行

垂宇一弯眉月，嵌空几点寒星。闲来无事好晨行。春风残梦软，夜雨晓山青。

最爱村头杨柳，枝枝叶叶关情。新披鹅绿沐霞明。炊烟升树后，鸡唱两三声。

风入松·春日洮滨

　　春风送雨暗沙明，恰恰弄啼莺。盈盈几点轻狂絮，
偏飞过、弱柳娉婷。绰约枝头新梦，婆娑影里柔情。

　　临溪浅浅数株横，惜与未曾盟。何当借得青山住，
共云水、快意平生？岭际岚烟如语，人前布谷声声。

临江仙·关驿四韵

　　关驿熏香软软，池溪流水淙淙。征尘夜笛子时钟。
青山依旧在，明月不曾空。

　　世路犹多进退，人生常恨西东。何妨裘马换颜红。
放歌聊自乐，纵酒邀春风。

　　数啭莺啼迷炫，一池春水嫣然。小桥横截玉阑干。
碧荷摇浅露，锦鲤戏清涟。

　　醉去千回仙梦，醒来几笔云烟。半疑天上半人间。
青泥崖际雨，白石雾中山。

　　不觉山中甲子，已忘身外春秋。孤眠客驿月如钩。
暗香相入梦，兰桂自幽幽。

　　翩若惊鸿体态，暮为行雨风流。临分赠我凤鸣璆。
觉来寻不见，恍惚使人愁。

　　玉尺徽宣洮砚，秋窗疏影清茶。闲来漫笔好涂鸦。
暗蛩鸣静夜，皓月透青纱。

　　逃俗不辞归隐，还真莫笑簪花。欣看关驿近人家。
明朝寻里老，煮酒话桑麻。

鹧鸪天·又忆园里村

杨叶初开绿渐浓，山乡无处不东风。梨花未白桃花小，雀嘴方青莺嘴红。

溪边闹，柳前疯，村头稚子发蓬蓬。俯身试问何如许？道是回家气乃翁。

【双调·碧玉箫】故乡

秋景堪夸，满目是黄花，光灿云霞。流水绕人家，轻烟笼远沙，疏钟起暮鸦。停晚枷，再把桑麻话。家，梦里也常如画。

【双调·折桂令】洮河之春

谢春山春雨春华。看岫披轻纱，水绕人家。云树堤沙，青波绿鸭，杏蕊桃花。明月归人旧梦，清风品我新茶。日种桑麻，夜炒园瓜，兴味无涯。

王林平

羊永孙家磨村

白墙黛瓦映溪流，门对青山楼外楼。
一曲花儿能醉客，几盘石磨转乡愁。

生态环境日偶感

山野葱茏绀碧天，森林苍翠有岚烟。
潺湲溪水村庄绕，蝶舞花香是自然。

过恰盖利加外磨滩小憩

天宽地阔尽芬葩，小憩绒毡沐晚霞。
溪畔酥油花醉客，牧人远唱忘还家。

植树节随笔

桃梨松柏欲新栽，残雪山峦赖不回。
植树节须添一月，洮阳草木待春雷。

羊溪河水坝

一湾漫涣映蓝天，麦索飘香话熟年。
恬静山乡游客醉，菜花田畔鲤还鲜。

做客后山村

白墙黛瓦净心烦，花映门庭远市喧。
犬吠鸡鸣闻小巷，客身疑惑在桃源。

立秋日到红崖村如意园（三首）

艾蒿扑鼻鸟啾啾，溪水潺潺绕沃畴。
阡陌溢香清四野，如烟往事到心头。

熟山亲水怜望眼，缕缕乡愁记忆勾。
漫步咻咻听戏雀，我牵童梦共清秋。

漫游芳径曲轻吟，绿树奇花引宿禽。
蝶舞雀飞惊笑处，网红桥上拾童心。

登尕弯梁观景台

梯田叠翠沐骄阳，别致山村画里藏。
乡野立秋风物好，家家麦索始飘香。

重阳节晨登东明山

脸冰颊冷正秋浓，霜叶稀疏舞晓风。
西凤烟云图画里，迭山横雪梦痕中。
只身峰顶观寰宇，孤影岖途问去鸿。
岁月飞梭弹指过，繁花似锦几天红？

李英伟

赶集（古体）

大街小巷人起潮，年货充足任客挑。
米面柴油堆如山，肉鱼禽蛋争嫩娇。
溢彩长虹服装展，鲜菜车队绿东郊。
改革春雨催繁荣，洮民昂情涌碧霄。

三月洮滨（古体二首）

面对洮水背依山，参差次第烟柳间。
河湾红妆撒笑语，荡漾碧波映容颜。
林产招来五湖客，商品出售四海攀。
乡村活跃今胜昔，辘橹欢唱忙渡船。

岸垄桃花堆火燃，河畔细柳挥黄鞭。
晨饮农家操春播，晌食地头品味鲜。
一江洮水碧波涌，满川笑语撒陌阡。
醉人春风暖大地，桃花源在洮河边。

李国祥

如意公园

苍穹笼紫雾，碧水映红霞。
昔日官亭驿，今天百姓家。

红崖村春景（二首）

陌上初苗始发芽，一宵喜雨惠农家。
送来春色随风满，二月墙头露杏花。

春景悠悠气返阳，千丝渐渐露青黄。
长堤几树风疏柳，应是新芽暗散香。

游如意公园

曲径通幽适遇之，沿河两岸常芳奇。
晃桥笑语随风景，花圃忙蜂逞舞姿。
汇集游人留倩影，引来墨客赋新诗。
惠农政策滋乡野，如意公园树锦旗。

小康村新景（二首）

斜阳影里下山岗，不见炊烟冒上房。
昔日锅台何处去，能源清洁有文章。

闲对堂前数点红，半园花木半园葱。
微风过叶生凉爽，清福常随盛世中。

丁海龙

山村放歌（新韵）

久住云村鸟放歌，几湾溪水态婀娜。
小池蛙唱蝴蝶绕，唤起心头阵阵波。

术布乡

十里春风拂藏乡，云头百鸟啄花香。
一时误入桃源境，也觅陶潜共举觞。

长川行吟

秋来几度入长川，十月金风玉露牵。
昔日壮观千里景，花旁情侣好缠绵。

党家磨

未入村庄镜面开，黛山碧水露香腮。
湖中鱼藻来看我，对着悠悠小绿苔。

大河桥村

墙上桃花肆意开，桥头杨柳拂楼台。
恍如仙境丹青舞，巷道芬芳妙手栽。

洮滨早春感怀

西山裔雪待花红，万木惊寒避朔风。
唯有鸟鸣青涧语，翳云绿水拜仙翁。

游羊永镇李岗村（四首）

山青云白净泥沙，门外无尘柳孕芽。
空气清新环境美，几人围坐品春茶。

昔日村头少翠微，今朝枝上点芳菲。
田园风景如诗画，试问乡人归不归？

黛瓦白墙多牡丹，观花走马始心安。
江淮遗韵今还在，蜂蝶翩翩恋墨兰。

烟雨纷飞涴暗尘，李岗花柳不胜春。
残香疏影晚来客，明月清风邀故人。

洮州春日

春来却见少芳华，碧水潺湲浸柳芽。
若是东君枝上在，天空摇落几明霞。

又归故里（二首）

未见梨花已数年，姗姗归去落英天。
风清明月来相照，疑是霏霜尽带烟。

十里春风点故园，重重云锦望残垣。
年年惆怅多如我，忽见平川车马喧。

故乡春夜

浅水绿波桃李香，远山近树共苍苍。
月明鸟倦人归去，帘动微风瘦影长。

临潭春耕

郊外桃花尚未开，东风送暖雁徘徊。
备耕忙碌千家影，红袖携壶露杏腮。

登东明山

东明叠翠入云天，楼榭殿台浮碧烟。
十步一亭风景秀，梦游幻境觅诗仙。

登青石山

北风残雪草微黄，云影天光梦海棠。
徒步青峰山水笑，转来美酒唤琼浆。

临潭县环境整治

街衢小巷不潜尘，踏遍青山总是春。
老少倾城除秽物，卫生整治莫逡巡。

八角牡丹园

幽香袅袅牡丹花，魏紫姚黄进俗家。
墨客尽夸颜色好，芬芳处处遍天涯。

临江仙·秋日长川

　　暗云浮动黄昏近，长川冷树苍苍。入时微雨送斜阳。太多留恋处，且诉雾和霜。

　　小园亭菊芬芳在，孤山略显凄凉。清茶如酒亦含香。一腔愁绪永，何必载杯觞？

李 凌

故乡吟

逢营热闹赶新城，社俗应时景象呈。
冻解耕犁悬破土，萌芽种子展欣荣。
岷州药草南乡豆，藏地鞍鸾北路牲。
最爱秋来酸果熟，侵牙入胃润甜生。

尕弯梁

放眼梯田曲线萌，轻弯慢转绕纵横。
亭边绿草风飘絮，岭上黄莺话有声。
雪耀岷山云影淡，花香蝶翅诗兴生。
停车极目嵯峨景，引吭高歌鸟雀惊。

烟墩山

烟墩矗立越千年，城阙遥望日月悬。
警燧何曾燃急火，张弓未射拨空弦。
临潭互市商茶马，垦土屯兵护族权。
读罢残垣陈旧事，融通大道化纠缠。

端阳沟

梦里常萦是故乡，儿时苦乐味难忘。
青禾杂面充饥腹，白菜清汤灌素肠。
父老亲邻持厚爱，山川日月赋天良。
端阳河里长流水，注入心田热滚烫。

马莲滩

莺飞草茂马莲滩，夏日游人摆野餐。
拂面清风勤漱耳，摇心彩蝶欲穿栏。
伸拳赌酒高声喊，极目纵情恣意欢。
卸却身累平躺处，云闲水静憩神安。

八角花谷

锦绣风光八角乡，天然秀色巧梳妆。
村家小院轩窗透，步道花篱网格张。
触目诗情流雅韵，萦怀翠彩注华章。
欢声笑语游人乐，假日偷来品杂粮。

林彩菊

石门乡黑沟村

小院浴朝阳，牵牛爬满墙。
浓荫遮大道，百姓住洋房。
苗稼一川绿，玫瑰十里香。
儿童嬉彩蝶，翁妪话麻桑。

池沟村

小村风日清，乡路燕和鸣。
桃李呈珠满，梨花枝上盈。
街边排玉树，屋后露青苹。
愿许康宁地，犹如五柳生。

初秋夜宿庙花山

茶煮阶前菊蕊香，虫吟架下夜光凉。
月牙浮盏知恬淡，谁遣笛音过粉墙。

庙花山村

粉墙黛瓦水为邻，花海青杨鸟作亲。
昔日茅庭今不在，高楼出入种田人。

庙沟村

漫步湖堤赏晓霞，小桥流水闹农家。
瑶波潋滟金鳞跃，绿柳摇丝玉雀哗。

春日石门沟

一沟梨杏竞芬芳，万亩青苗绕小乡。
莫道身边无美景，桃花源里播耕忙。

壬寅年冶力关元宵节夜景

两挂虹桥横夜岸，一街火树傲星营。
广场热舞人欢聚，惹得嫦娥意难平。

秋日登高陡沟顶

拾径登高赏素秋，逸情把盏醉丹丘。
喜看山菊迎风绽，千顷金田霜里收。

红崖公园

幽径参差绕荷池，群芳成片正宜时。
满园笑语随风荡，一幅丹青一首诗。

石门乡退耕还林种果树

百亩园林万绿欣，流莺吟唱物华新。
北山坳里金桃笑，南岭坡前赏雪银。
风润山川嘉木秀，情牵昔日植苗人。
扶贫生态双赢利，一叶一花关庶民。

临潭县农村环境整新

夏天乡间沐清风，鸟语蝉吟四处同。
麦豆行行无际碧，野花朵朵满山红。
杏梨果硕招人爱，油菜流芳引蝶疯。
袅袅炊烟鸡犬叫，石桥老树小村中。

武 锐

孙家磨村新貌

古磨已无存，斯民尚姓孙。
粉墙窥絮柳，青瓦覆诗文。
野菜佐浊酒，花儿醉远人。
乐园泽绿水，农户四时春。

白土坡下乡感怀

下乡不觉泥途远，天雨淹留白土坡。
篱扣柴门尘世少，雾遮绿树画图多。
鸡鸣人畜悠悠醒，日出墟烟袅袅挪。
念此欲谋桃隐计，治贫药匣在肩驮。

王旭光

夏日晨景

晴空云似絮，鸟语早盈晨。
故里炊烟起，锄禾不待人！

雪霁农家

一夜初春雪，农人笑语盈。
殷勤询药市，备种待清明。

立秋乡聚

莫道秋风至，闻晴好探亲。
豆香弥老屋，麦索拌时新。
居远乡愁扰，更深酒话频。
良宵何再有，把盏眼前人？

福地李岗

群山环抱地呈祥，烟树葱茏隐老庄。
漫看王家一嵌套，频来紫燕绕新梁。

路过新堡

青山依旧柳盈川，碧水悠悠绕绿田。
入眼村村新屋舍，失迷渡口铁皮船。

家乡新貌

总念乡情回不去，老街旧舍梦中迎。
偷闲一日探亲故，傻眼儿时陋巷名。
绿树环荫洋别墅，繁花锦绣景观坪。
邻居路见停车问，笑戏当年赤脚行。

俞文海

登兰家山

山麓浮岚影，花田十里香。
登高望远际，一派好风光。

孙家磨村

流水清溪润碧川，村庄掩映绿杨边。
粉墙黛瓦石材路，漫野山原尽麦田。

八角花谷

十里缤纷吐异香，青山相伴碧溪长。
白墙灰瓦山村好，仙境原来八角乡。

李玉芳

教场村随记

深巷幽幽送暗香，丹青白壁画屏长。
行来莫似江南路？几度犹疑到水乡。

六一随感

暖风摆柳吻花香，稚子桃腮着粉妆。
捕蝶追蜂捉飞絮，捻髯老者笑儿郎。

洮　滨

洮水悠悠映碧山，暖风疏柳翠如烟。
闲云也羡桃源地，幻作江中摆渡船。

总　寨

十里桃源十里湾，绿波白浪宿春山。
顽童垂钓碧溪上，农妇浣衣云水间。

李湖平

洮河南山

栈道似龙藏壁间，石碑不朽竖亭前。
青松葱郁满山岭，灯火通宵不夜天。

牛喜林

重访店子镇

绿染群峰添景秀，悠悠曲径觅初衷。
重游故地村容整，富裕文明和顺中。

咏故乡

绿树成荫小径长，青山隐隐掩山庄。
流金田野美如画，村里村头地溢香。

游红崖村如意公园

煦风轻拂河堤柳，如意园中溢异香。
醉卧树荫听鸟语，清新拾得句几行。

美丽乡村

翠色连天万顷收，休闲会友到村游。
青山绿柳藏新宅，处处温馨把客留。

新年抒情

迎新辞旧千帆顺，处处楹联耀彩红。
袅袅炊烟盈瑞气，悠悠村寨焕春风。
图强奋发圆宏梦，铺纸挥毫画寸衷。
仙女散花妆古镇，洮州崛起一望中。

何忠平

春日所见

溪柳生新绿，桃梨夹岸开。
杏花春雨里，又见燕归来。

丁酉端午

晨起行南麓，林深野雉飞。
泉边逢旧友，汲水采花归。

丁酉教师节

阴雨连旬日，清晨始放晴。
枝头啼鹊鸟，窗外送涛声。
雁叫青天过，诗吟陌上行。
归来欢未尽，佳节醉忘情。

与友人赏桃花

昨夜潇潇雨，桃花红陌头。
踏青舒病体，游侣豁诗眸。
漫步过村寨，幽香入鼻喉。
辍耕花树下，花映藏妮羞。

辛丑清明

独步江边复向西，柳条婀娜醉长堤。
几场细雨水初涨，四野青山云压低。
香溢田间蜂肆闹，花燃枝上鸟争啼。
藏乡春到农家早，忙趁墒情理菜畦。

李广平

村居（二首）

云萦烟树碧，香穗送清新。
不见南山色，归来故苑春。

野禽翻细柳，涧水绕烟村。
草绿黄泥路，花香旧院门。

洮州山居（四首）

白云凝水处，翠柏绕溪湾。
最是山居好，闲游不欲还。

山花眠绿水，仄径映青苔。
篱外儿童闹，檐前竹马来。

桃花红小院，青杏挂高墙。
独步寻香径，闲游滞夕阳。

幽径通苍岭，茅庐坐碧林。
雀鸣枝上月，清露湿罗衾。

村居（古体）

家住红崖边，紫云生隽秀。
柴门翠柳萦，石径野芳绣。
晨雾烹青蔬，暮烟煮黄豆。
鸣蝉惊梦残，落月叹花瘦。

红崖村

迷人水色鹅争渡，醉眼看岩被彩霞。
野巷树荫眠不醒，春芽煎玉送清华。

小暑回家偶得

丝柳沙堤青映黛，溪边崖底是吾家。
垄间多半菜花艳，古邑三寻夏雨遮。

卢丰梅

羊沙行吟

花影秋来疏几何，羊沙河畔欲高歌。
天涯景色甚迤逦，比拟乡关有几多。

山　行

盛夏晴天乘兴行，溪流潺湲柳姿倾。
轻风拂袖山花笑，一曲清音草际鸣。

清秋雨后（古体）

山色空蒙烟雨霁，层林尽染风光丽。
清幽画卷谁挥毫，秋气玲珑自造诣。

马贺平

礼赞甘南（新韵）

五无十有是甘南，种树栽花绿满川。
除垢涤尘身影美，观光莫忘护家园。

李金凤

题羊永镇孙家磨村（二首）

十里梯田炫彩妆，春烟深处百花香。
小楼昨夜东风盛，墨客殷勤入雅堂。

小桥流水有人家，烟树迷离戏百花。
巷陌纵横盈笑语，乐园胜景少儿夸。

丁耀宗

红崖村新景

红崖绿水老村庄，故地新楼沐暖阳。
几净窗明游目远，坐看四野百花香。

丁振平

鹧鸪天·乡村小景

日出东山雾似纱，游云朵朵意闲奢。荫荫夏木遮幽谷，一脉清溪屋数家。

蛙恋水，蝶迷葩，岸边戏耍小娃娃。垄头老汉荷锄走，地里村姑摘菜花。

敏彦萍

孙家磨新村即景

白墙灰瓦小洋楼，枝送南风鸟啭柔。
打卡农家何惬意，花儿一曲最通喉。

故乡行记

夫君陪我走洮州，一路风光眼尽收。
车总坦途通四海，村皆新貌竞风流。
脱贫亲友夸施政，与会嘉朋咏大猷。
共享繁荣思奋进，征程再启拔头筹。

徐 红

孙家磨即景

孙家磨上落长虹，振兴山乡硕果丰。
忽入瑶台徜阆苑，齐臻百福乐融融。

中华诗词学会临潭行

朵山玉笋：洮州古八景之一，位于临潭县新城镇城北十里。为
朵山梁顶石峰旁一兀立石柱，亭亭独秀，宛然一出土春笋。而
其锋棱嶙峋，高擎苍天之势，又令人顿生敬畏。图片来源于清
光绪本《洮州厅志》。

中华诗词学会临潭行

张俊立

2022年9月初，中华诗词学会与临潭县结对共建启动仪式在临潭县冶力关镇池沟村隆重举行。在此期间，周文彰会长一行深入冶力关镇、八角镇、天池冶海全域无垃圾示范点调研。中华诗词学会及甘肃省诗词学会、临潭县诗词作家一起先后到新城镇、流顺镇、羊永镇、古战镇及全国文保单位洮州卫城、洮州会议纪念馆、中国第一百户堡红堡子、洮州民俗文化博物馆实地考察参观、采风，指导、推动创建工作，并创作了大量优秀诗词作品。现将这部分作品也全部收入《诗词临潭》一书，作为本书第五版块"中华诗词学会临潭行"之内容，以见证临潭诗词文化发展之重要时刻。值得一提的是，在此次活动中，应临潭县洮州诗词楹联学会的请求，周文彰会长还兴致勃勃地为《诗词临潭》一书题写了书名，为临潭诗词留下了珍贵的墨宝。

周文彰

甘肃临潭将军山上的将军像

千年镇守野林关，高卧山巅社稷安。
双眼圆睁云躲闪，胡须上翘鬼心寒。

卜算子·壬寅中秋看月出

月出似飞虹，冉冉升东海。转眼冰轮千尺高，独
立云天外。

把酒问吴刚，道是嫦娥在。一片长风送暗香，袖
甩琼瑶带。

范诗银

西江月·福州飞兰州之临潭

东海掬来秋色，泼它北国兼葭。千山霜雪万湖
霞，好个乱云如画。

三盏葡萄美酒，高声玉嗓琵琶。陇头碧水海头
沙，迎我青山脚下。

西江月·池沟村

有个新来书记，带来一本新图。亭台临水倚山
庐，绿户红窗青树。

溪水喧嚣流过，小桥弯向池湖。相呼画册古今
无，七彩康庄大路。

西江月·治海秋色

草绿连它云白，神峰画出天边。轻风吹起水波
寒，送我一潭秋晚。

依旧格桑花好，相看已是经年。梦中相别更相
牵，如约初心相浣。

西江月·美仁草原

吹过那时旧梦，烛红照个天明。三千原上丽人行，望断娉婷身影。

谁把胭脂乱点，何为颜色深青。一行一对泪盈盈，风去风来风静。

张存寿

步韵西鄙人哥舒歌迎会长临洮力关

弦月照天高，先行小试刀。
诗锋驱疫走，会长过临洮。

从北京赴临潭洮力关

航班三改紧乘风，落地兰州码不停。
拉面有牛多半碗，抽烟无火借颗星。
因闻凶疫弃康乐，为慕美仁怀尚平。
弦月或忧车打盹，时而露脸照一程。

夜行记

常例昼出何用灯，夜行难免遇心惊。
七八深洞才穿过，十几危峰正候迎。
后队焉知归退路，前车难鉴阻新程。
道间灰兔如交警，罚我三更扰月星。

注：下洮力关前一只灰尾兔迎车灯立在路中间，
数秒横跨公路离去。

中华诗词学会和甘肃临潭县
结对帮扶振兴乡村启动仪式

彻夜秋霖天洗蓝，池沟入画小江南。
肩披浪翠两心印，笔落京甘一念签。
天道愿酬金缕曲，疫情不过野林关。
城乡山水祥光照，农牧人家诗梦圆。

注：浪翠，最高级的哈达；金缕曲，词牌，代指
诗词曲。

八角镇冶海花庙山农家乐

种花立庙守青山，多少轮回求自安。
堰塞无心成胜景，路开有句问新天。
白羊款款车头过，热客熙熙岭上喧。
门挂圣湖清冽水，也思避疫也思源。

题临潭赤壁幽谷景区

一路丹霞绿水裁，苍凉印象始挥开。
天书展卷云头立，便有唐僧奉旨来。

注：景区前有唐僧师徒取经雕像，后有"圣旨"
样地貌。

纪念肋巴佛同志

未到延安遗恨殊，活佛原本是农奴。
神灵不问穷人唤，父老每惊寒夜哭。
但晓阶级分两党，便呼汉藏走一途。
揭竿业记城隍庙，宝塔瑶光慰尔孤。

临江仙·从美仁草原再回冶力关

一见美仁车自缓，甘南好个清凉。赤橙黄绿哂秋
光。草低灰兔走，云逸老鹰翔。

冶木河迎前夜客，将军高卧山梁。青稞酒有几回
尝。凤凰台上舞，一醉在诗乡。

注：凤凰台，农家乐名，冶力关农家乐一条街均
以词牌命名。

鹧鸪天·再访美仁草原

脚踏七星向晚霞，千般光景费巴咂。有机牛粪无
情雪，绿色苍蝇金盏花。

神种豆，鬼留疤，美仁奇异不得夸。一轮明月先
刷卡，赶在中秋寄我家。

注：七星，草原七星栈道；豆，美仁草原疙瘩状
凸起；疤，高原一种特殊地貌，似鬼剃头。

鹧鸪天·访流顺镇红堡子

城以人名父子威，当年番事早成非。三张圣旨留何用，一代宗臣唤不回。

红堡子，老边陲，几多故事问阿谁。高墙深院青稞酒，游客清歌逐日飞。

何 江

甘南美仁草原

白云凝阔野，不寸也称茅。
俯疾凌鹰爪，深幽遁兔巢。
望中无杂色，脚下有隆凹。
当咏和谐曲，经幡与卦爻。

临潭冶力关（通韵）

手挽两高原，魂牵农牧间。
廊桥弓巷陌，冶水荡漪涟。
朝启瑶池景，昏来不夜天。
粉墙尊黛瓦，陇上也江南。

红四方面军"洮州会议"旧址感吟

云白穹蓝序正秋，岷山脚下古边州。
草鞋绑腿五星帽，斗拱飞檐一画楼。
阴逆自无天道助，合旌全赖众英谋。
应吟满目丹霞色，未与当年洮水流。

题临潭红堡子古城

悠悠洮水毓丹霞，楼上灯山岁月赊。
铁马奔时酋北遁，凯歌奏处日西斜。
三番圣谕凭拼搏，六百春秋堪咏嘉。
高祖斩蛇遗大汉，刘家岂止为朱家。

临潭赤壁幽谷

冶力关前惊众眸，风云曲壑已千秋。
高原鲜有胭脂色，火焰何须吐鲁沟。
宣旨合当无铁扇，赏屏自是在洮州。
江涛堆雪铜琶板，吟罢方知欠一幽。

壬寅仲秋夜赴冶力关

航班一跃瞰高陵，掠过皋兰第几层？
牛肉红油堪有味，棉签绿码岂无凭？
朝辞燕岳云中翥，暮赴美仁星下凌。
好客冰轮终不弃，甘南故事入车灯。

郭友琴

赴甘南京城出发记（出群格）

云路时封堵，航班几改签。
游心空怏怏，兴意半恹恹。
扫码皆生绿，飞行忽解严。
登机奔雪域，一枕月临潭。

鹧鸪天·夜入治力关

越岭穿山入古关，林幽谷暗露声寒。溪流和唱风
尤冷，星斗交罗月可攀。

心欲定，夜难眠。千秋故事有诗篇。推窗人在高
原上，景色朦胧待细看。

鹧鸪天·初到临潭

午醉金秋晚遇冬，添衣夜步小城中。远山犹着葱
茏色，古邑频吹现代风。

霓闪烁，月朦胧。寻吟难溯旧时踪。曾凭茶马留
青史，今展新颜大道通。

鹧鸪天·冶力关夜兴

霓彩波光映夜空，滨河岸上炳如虹。千秋关隘形犹古，一镇风流韵在淙。

悬冶海，峭峰丛。奇山秀水焕新容。多情最是将圆月，别具诗心与我同。

鹧鸪天·赤壁幽谷

峡谷幽深绿映红，野芜云树仰奇峰。风磨雨蚀形千态，壁绝岩危景百重。

观圣旨，望屏风。山根雄起画图中。归看丘壑牵情处，一抹丹霞映日彤。

鹧鸪天·冶海天池

堰塞生成水一泓，截流纳雨自澄清。居高静仰山风格，向善矜涵海性情。

存浩气，结寒冰。千秋地质蕴钟灵。今临倍觉波光美，岭树云天次第呈。

鹧鸪天·美仁大草原

百里青葱一望殊，无边绿毯向天铺。风情独特开诗境，雪岭分明入画图。

原旷阔，草扶疏。牛羊走秀散成珠。经幡隧道穿云过，趣味盈心韵自如。

鹧鸪天·观照临潭

一片丹丘出陇南，风情奇异旧曾谙。昔通茶马商尤盛，今脱贫穷景更酣。

冰结海，岭浮潭。石门开处兔临凡。登高纵目云祥处，韵接河湟句可拈。

鹧鸪天·高原夜步

节近中秋月欲圆，风吹丘壑籁声喧。飞鸿衔信来云外，遐思凌空越远山。

行古道，听鸣泉。流光动影助清欢。行吟不觉人千里，为有诗心融自然。

鹧鸪天·池沟村巡礼

梦自江淮筑有痕，飞檐黛瓦小康村。楼居错落农家乐，文化传承世俗惇。

山入画，水怡人。溪流澄澈绿为魂。八方游客闻名至，醉听花儿唱脱贫。

宋 澎

赞甘南临潭（新韵）

甘南临潭艳阳天，风光无限绘高原。
文学之乡精气神，民风淳朴流清泉。

月满中秋

月满中秋意不同，团圆何止广寒宫。
天阙人间共祈愿，玉盘明辉万家融。

成文生

甘南美仁大草原

绿云涵牧草，白露饮羊群。
原始洮州树，高寒雪浪雰。
夕阳斜拽影，诗话任由君。
顾看经霜后，青黄一夜分。

中国古村落红堡子

西戍流千户，南归路万重。
偃戈生息处，徙雁有无踪？
民俗因风远，茶香入味浓。
午阳偏晒野，与客品秋蛩。

旅游示范乡池沟村

淮风吹古塞，冶水下瑶池。
危耸蓝天玉，漫游金鲤姿。
峡光浏览后，秋雨进行时。
隔岁春云度，何其发一枝！

秋过冶木峡

沧波迎客至，幽峡敞门槛。
故事泉中汇，流年话里评。
奇峰妍旭日，乱石低涛声。
败叶凄然去，霜花在路程。

洮州八景

文人喜以"八景"冠名当地风物，临潭亦然。壬寅中秋前夕，陪同中作协、中诗会领导赴临潭县调研采风。行中有感，遂成八吟。

西崆峒
九朵莲峰听雨喧，花儿庙会逐新幡。
淡云疏影晴虚下，宜向深潭觅古鼋。

朵山玉笋
寥落偏荒不计秋，披风菊月感重游。
小康园里苍穹柱，捎信飞天意可休？

冶海冰图
四时风雨可流连，修饰人间美自然。
知是寒冬图画少，冰凌结出海中天。

302

石门金锁

高峡难凭飞鸟踪，寒烟不锁大河汹。

经年已换新村貌，积雪犹乘玉皎龙。

洮水流珠

秋自逍遥水自通，曾由一念悟西风。

龙廷识得渔家苦，万斛珍珠流浪中。

迭山横雪

风传消息隐羌楼，与雪为桴下叠州。

往事如烟停不住，春晞融化水悠悠。

黑岭乔松

原始青幽松鹤乡，倚天凭吊抚离伤。

终须茧手勤勘务，不日春潮衣盛装。

玉兔临凡

无穷况味天然也，难泯纯真璞玉哉。

何奈迁居干涩地，本为琳阁一仙魁！

冶力关

二十年前初叩门，荒烟故垒絮纷纷。

今来拥抱诗花地，复与庄家叙晚芹。

临潭"中华诗词示范县"创建时

河寻渊薮淼无穷，化雨岷山渤海通。
格萨诗心留简史，莲花叶上起清风。
兴衰不绥文华事，寒暑何妨吟啸功。
白露云涵洮水砚，可磨秋月赋玲珑？

临潭古战镇感怀

与客登山赏劲秋，遐思故垒立风头。
当归万顷农家苦，集市千般商贾优。
赋贴长廊传古韵，虹飞近影寄新猷。
行车瞬息云间度，昔日王城一土丘。

王传明

游临潭县亲昵沟

一从霄壤判，万物具阴阳。
遂有人伦乐，喜看瓜瓞长。
洞天隐仙子，石笋拄穹苍。
秋雨淋漓处，无边草木香。

游临潭县"赤壁幽谷"

逶迤循曲径，习习谷风生。
恍若读青史，岂疑来赤城。
何时经火炼，此际尚心惊。
令我思辽阔，不胜桑海情。

红桦山俯视新城镇

为瞰新城镇，来登红桦巅。
街衢如画里，历史溯唐前。
战火已成昨，烽台犹接天。
琼楼叹鳞次，边地换容颜！

注：新城镇：位于临潭县东部，早在魏晋时期已
筑城，明清时代更是洮州卫厅的治所。

游甘南州美仁草原

一览当晴日，无余讶物尤。
迎人青草绿，纵目白云浮。
心似蓝天远，情如碧水柔。
此间诗意在，美景足吟讴！

过临潭冶木河上峡

群峰插天际，一线是谁开？
松树排云立，溪流卷浪来。
雄鹰翔碧宇，绝壁布苍苔。
穿越非难事，成仙不用猜。

临潭登长岭坡见莲花山

轻车上长岭，纵目睹莲花。
璀璨千山拱，岩峣万仞加。
极巅存佛国，邃洞住仙家。
何必登峰去，遥观事已奢！

注：奢，奢侈。古读sa。

临潭县游冶海

名海却非海，万年明陇头。
西倾融积雪，深谷汇潜流。
碧落长云映，青山倒影浮。
一泓观绿水，时节近中秋。

注：西倾，西倾山，是横亘于青海、甘肃之间的
一条大山脉。

冶力关镇夜景

未见旧关隘，晚来灯盏明。
云峰益清晰，玉宇更晶莹。
霓影三霄转，流波五彩呈。
深山城不夜，仿佛到蓬瀛！

访问临潭县红堡子

奉旨守边徼，子孙居此中。
虽逢新世态，不改旧家风。
房舍仍完好，杏桃犹郁葱。
离离墙上草，岁岁绽花红。

临潭印象

两原连接处，瑰丽有山城。
涌翠林峦美，鸣琴波浪清。
市乡同进步，农牧共繁荣。
各族尤团结，何愁梦不成！

参观治力关镇池沟村

山顶旧房舍，移来顺水排。
院前波浩浩，树上鸟喈喈。
池养黄河鲤，门悬乐府牌。
居民分汉藏，风物似江淮。
决策全村共，扶贫一体皆。
干群欣敬业，老幼乐开怀。
建设称模范，文明升阰阶。
神州都若此，社会定和谐！

注：山顶，池沟村原在山上，因响应国家"建设新农村"号召，始移至今址；黄河鲤。此处泛指鱼类；乐府牌，词牌。乐府，长短句的别称。池沟村的农家乐，都以词牌命名；阰阶，台阶。阰读四。

参观临潭县新城镇古城门

洮州卫厅地，今尚剩城门。
民众犹来往，风云频吐吞。
屡曾经战伐，几见快仇恩。
莫道和平易，端应惜饱温。

赞临潭县农民女诗人林彩菊

山村饶雅趣，未必在遐方。
林樾千重美，篱花五彩香。
秋高收画意，春暖播诗行。
咏絮多英杰，况生偏远乡！

何义忠

甘南美仁草原

绿色波无尽，苍鹰振翅翔。
白云浮海际，芳草沐朝阳。
放眼勾魂去，遥听牧笛扬。
蓬莱仙境里，旖旎自祯祥。

临潭赤壁幽谷

拿云登赤壁，岩火似燃烧。
影落溪边树，眸飞水底霄。
风疏翻贝叶，珠溅响松寮。
独趣穿危道，游人过石桥。

赤壁幽谷

峰奇呈壁立，独爱一枝梅。
形胜闻天下，秋声动蛰雷。
丹辉神韵里，玉旨石厅台。
归路烟霞晚，忘机鸟不猜。

冶木河上峡

万仞凌霄域，衣牵药草香。
径行连岫壁，回汉牧牛羊。
雨霁群峰醉，溪源旖旎藏。
云窗遮望眼，喜见染秋霜。

池沟村

灵秀连云起，流岚隐户庭。
清溪半篙绿，奇嶂数峰青。
道上衣牵柳，潭中波涌鲭。
烟霞舒画卷，诗韵若繁星。

红堡子村怀古

大名垂陇上，红堡不寻常。
世代云天阔，延绵族脉长。
剑箫沉曲水，钟谷显崇光。
堂上御题在，令声传四方。

俯视新城镇

新城凝紫气，风雅感明时。
历史寻唐影，门楣品妙辞。
梯桥融古意，街巷勃英姿。
迤逦千重翠，梓桑幽亦奇。

注：明清时新城是洮州卫治所。

临潭县亲昵沟

混沌不知年，文明精彩篇。
洞天缘造化，石笋启源泉。
世守云空下，常呵风雨间。
红尘千百事，息息总相关。

临潭县创建诗词示范县

冶水奔流惠万家，频传新韵响天涯。
山魂已奏铿锵乐，光禄还增灿烂霞。
旗下欢歌吟曲赋，堂前把酒话桑麻。
花儿圣地群贤起，待赏明春岭上花。

冶 海

幸有至情斯地游，林峦岚气水潺流。
翩翩白鹭连空影，习习凉风舞月钩。
带馥隈隅萦紫陌，垂帘户牖隐松陬。
霭霞作伴波光里，气爽风清豁远谋。

莲花山胜境

曲径盘旋万壑茵，松涛云影鹤声频。
翠淹群岭冲虚近，泉拥幽溪古寺邻。
踏水花儿缘有聚，逢春盛会唱无伦。
山歌传播人间爱，缭绕余音情至真。

冶力关

初红渐染已知秋，冶木擎云石径幽。
佛浴祥云峰叠翠，钟鸣深谷日光柔。
溪边留影风吹袖，屏上传书墨作舟。
俱是吟坛豪放客，山河同醉甚无求。

临江仙·冶力关镇夜景

旖旎风光秋夜暖，霓裳一曲升筵。轻歌曼舞戏珠弦。古关明月下，冶水画桥边。

客旅星空虹彩降，觥筹频处无眠。莲峰耸秀说经年。清波垂柳影，宫阙羡人间。

朱殿臣

莲花山

嵯峨直插九霄前，俯视流云脚下眠。
奇峻莲花山聚翠，涨岚松柏雨含烟。
八方客慕洮州地，百里情期汉藏缘。
君若欲来登绝顶，野林关景一望穿。

赤壁幽谷

初临幽谷目瞳瞳，拾级寻芳探胜穷。
圣旨横空添画景，丹书拥翠慰天工。
谁无泰岳归来赏，自有乾坤相对融。
忽见惊鸿飞跃处，羞花窃窃笑林中。

注：乾为阳，坤为阴。

赞美仁大草原（中华通韵）

西风携我到临潭，诗吻美仁丰草原。

青甸含娇怜碧野，白云着意挂蓝天。

丛丛绿笠迷人眼，隐隐经幡伴月眠。

欲画无方痴不尽，视频一夜万家传。

杨克勤

水调歌头·冶海

策马骋怀处，胜景入金秋。遥看睡佛千载，何枕伴无忧？大野轻移雁影，碧水飞驰烟艇，转眼越中流。缘聚本前世，谈笑引清喉。

草犹绿，山未老，步当留。蕙风送语，宜向天际览芳洲。桑海流年巨变，宠辱随云已散，对酒愿同酬。啸傲神泉侧，难得趣相投。

沁园春·冶力关森林公园

信步游来，瑞木擎云，翠涛涌山。更鹰旋岭上，目尤远纵；鹿鸣桥侧，意本悠闲。小径横斜，清溪浅唱，似可循踪访列仙。临飞瀑，渐心尘一洗，鹤梦初圆。

何忧鬓已霜斑？待老迈、时堪忆此篇。任杖头点露，朝霞尽染；衣襟飘叶，丛菊犹妍。异域长风，瑶林胜境，信是眸中引巨澜。声须朗，对亭边素影，随问当年。

高阳台·赤壁幽谷

　　山径呈奇，津桥据险，逶迤石栈云迎。圣旨崖前，可知蚁聚虔诚？横空巨蟒穿缘去，料昔时、似走雷霆！况风中、细草眉低，老树身倾。

　　依稀别梦尘寰外，对苍烟落日，秋野孤亭。却忆华年，荒唐艳羡浮名。心如止水归恬淡，赏碧筠、便有闲情。恰同怀、数载浑融，一路谐行。

马锋刚

重过美仁大草原

美仁人美牧歌清，近草远烟放眼平。
伸手取云妨碧落，空空万念一身轻。

过美仁大草原（中华通韵）

地厚天虚气薄稀，酥包瑶草各离离。
牧羊卓玛吆声远，云外嘹嘹撒鸟啼。

美仁大草原

茵茵芳草碧连天，似锦繁花入远烟。
片片牧云流自在，晨华夕露夏无边。

池沟村

前后青山绿水流，绕村花海小雕楼。
人人好客农家乐，野味乡肴作美馐。

秋日采风途经黄涧子遇雨

松涛滚滚雨帘垂，油路流溪车学龟。
远近蒙蒙浑太古，出林明霁焕葳蕤。

临潭"中华诗词示范县"采风感吟

清秋山果夜来风，郁郁霜林午后红。
洮水涌波归大海，草原游影接苍穹。
生生文脉还弥久，缕缕晨光已不穷。
近木时闻仪凤至，关河桥上月融融。

李 锐

过美仁大草原

如毡旷野净无尘，绿叶千倾草色匀。
卓玛扬鞭歌嘹亮，今生羡做牧羊人。

中国第一阴阳石（二首）

痕留鬼斧引人痴，一柱撑天造化奇。
揽尽阳刚豪迈气，为君洗辱笑扬眉。

羞红掩面乱心神，隐秘山岩笑逼真。
巧洞无遮生愧意，淋头急雨逐游人。

随中华诗词采风团过冶力关镇葱家庄

朝霞尽染马头墙，刹那车穿白玉庄。
未到江淮惊一梦，街前闪出绿丝装。

随中华诗词采风团观古战镇楹联长廊

刻字楹联抱柱红，长廊曲折近河东。
名师指点凭佳句，愿向程门拜下风。

中华诗词临潭行（二首）

俊杰聚洮阳，莲开沐惠光。
逢秋稀客到，隔院散梨香。
冶力藏关隘，牙池露艳妆。
流莺歌世运，结队富农庄。

万壑嶒崚地，关雎逗俊豪。
岚消山脊瘦，雾散月轮高。
冶水浮归雁，将军敝战袍。
攻坚民富庶，助力育蟠桃。

随创建诗词示范县采风团过长岭坡

再借金风豁老眸，莲花大小一望收。
朦胧影里山形秀，绝巘丛中画幅幽。
玉笋冲天栽梦笔，神龟举首度春秋。
洮州自古人文地，说与宾朋赞未休。

张俊立

随中诗会临潭采风行之冶力关吟（十首）

金风送爽过莲峰，涛起云飞万壑松。
冶木河流泛银浪，天池脚下唱诗钟。

诗坛心仪仰高贤，有幸今逢冶力关。
翰墨留香夸锦绣，花儿飘荡柳溪湾。

鸟声花影绕家乡，树老山高水更长。
大路通天出云外，虹桥影卧碧波旁。

绕山云白幻无穷，流水小桥花影重。
青瓦明楼绮窗外，土墙茅屋已无踪。

彩钢打顶是农家，田种当归园种花。
还借旅游开眼界，坦途高速接天涯。

冶木河边多靓姝，霞衣翠鬓笑相呼。
曲桥栏槛娉婷处，山水和人成画图。

草原如砥岭连天，菽麦梯田酿灶烟。
把酒花庐良有以，兹游画里听涛眠。

长流出谷翠屏开，宝马奔驰络绎来。
四海名山倦游罢，追寻到此洗尘埃。

佳景天然辋川图，青山入牖水环庐。
松长竹茂鸟声脆，人羡卜邻移此居。

仙人结伴兴游踪，脚踏彩云时御风。
情溢于胸诗满腹，珠玑跳落玉盘中。

胡憬新

重头小令【正宫·塞鸿秋】壬寅秋采风纪行

总题前因

人生堪苦如晨露，行来不觉秋阳暮。试填平仄愁无句，聊从名宿习微赋。一朝立雪缘，三日观风路，新声总有安排处。

洮州卫城

金风飒爽洮州路，浮云影下千山暮。重回凤翥龙骧处，欲言慷慨无由诉。凭高思劲秋，极目寻仙兔，悠悠故事苍苍树。

红堡古村

一封前敕留奇传，陇西山水淮南面。先人故事今人炫，乡愁却向乡音见。秋风过几回？古堡云千变，丹崖碧草红泥院。

牛头城下

青天万里云如霰，荒丘一领游心倦。阿豹空折雕翎箭，秋风依旧吹人面。遥闻洮水吟，近观葵花炫，牛头城下听闲传！

美仁草原

旷原辽渺魂惊散，地天连处云山幻。欲乘风翼冲霄汉，仙娥携我回眸看：三州围凤台，一水横栏干，中藏绿海涛回岸。

冶海秋韵

闲时幸得湖山看，兴来欲借扁舟泛。一池秋水云千幻，烦愁都化风流散。藏烟白岭深，入目黄花灿，魂留冶海情无限。

池沟新村

小桥流水游人笑，行来都爱留张照。池沟风物堪称妙，花儿唱就莲儿调。谁言陇上寒，直似江南好，康庄还看新村貌。

花谷人家

红花斗艳黄花俏，云深不信秋来到。几家童子迎人笑，一村闲入山怀抱。垂杨新厦明，待客香蕈妙，此间知有尧民调。

林彩菊

秋游亲昵沟

踊跃岩巅怯倚栏，云花缱绻帽檐端。
松风萧瑟惊飞鸟，枝叶婆娑戏翠峦。

赤壁幽谷

风起岫岚云水闲，丹崖峭壁陡难攀。
山鸡炫美蹓径上，松鼠机灵跃树间。

莲花山

携云带霭近天涯，毓秀殊峰媲岳华。
北望峦丛腾万骏，南瞻雾海落千霞。

庙花山新村

四围云树唱黄莺，秋后乡间风日清。
恰好菊花舒笑靥，更添别韵与诗情。

古战花海

万亩新苗初长成，芬芳满垄照眸明。
身居野陌无喧扰，满腹诗情对景倾。

当代作者简介

周文彰： 笔名弘陶，1953 年 8 月生，江苏宝应县人，哲学博士，研
究员。国家行政学院原副院长、博士生导师。全国政协委
员，兼任中国人民大学、中国地质大学博士生导师。中国
书法家协会理事。中央国家机关书法家协会副主席。中华
诗词学会会长。

范诗银： 笔名石音、巳一、苍实，1953 年生，1972 年参军，2008 年
退休，空军大校军衔。曾任空军航空兵某师副政治委员，
国防大学中华军旅诗词研究创作院执行副院长、执行总编
辑。现为中华诗词学会常务副会长，中华诗词杂志社社
长，上海大学中华诗词创作研究院荣誉院长，国家语言文
字工作委员会委员。出版诗词集《天浅梦深》《响石二集》
《响石斋诗词》《虹影集注评》《诗银词》《石音集》。

张存寿： 中华诗词学会副会长，军休干部，大校军衔，研究生学
历。曾任全军政工网诗词编辑组长。全军优秀党务工作
者。获得"庆祝中华人民共和国成立 70 周年"纪念章。在
报刊发表各类文学作品三百多篇（首）。合著《铁军传奇》
《共和国海军传奇》《新编三十六计》《法学概论》《六味
集》《中华诗词十二家》等书十二部。中华诗词学会十大
导师之一，《中华诗词通讯》主编。

何　江：辽宁省大石桥市人。中华诗词学会副秘书长、办公室主任。

郭友琴：河南洛阳人，1957年生。1982年1月毕业于武汉地质学院，长期从事地质科技和管理工作，教授级高级工程师，一级注册建造师。自幼喜欢文史，现居京为中华诗词学会常务理事、诗教培训部副主任，河南诗词学会副会长。著有《林间流水诗词选》《中国古代吟石咏矿诗选》《师山友水》等。

宋　澎：医学学士，工商管理硕士，高级工程师。文化学者，中华诗词学会会员。曾任国家发改委国际合作中心原大健康研究院副院长，国家发改委诗词协会《诗苑》原执行主编。

成文生：男，汉族，甘肃省静宁县人，大学学历，中共党员。中华诗词学会常务理事，甘肃省诗词学会第四届常务副会长、第五届会长，甘肃省语言工作委员会委员。出版诗词《长河风语》两集(兰州大学出版社出版)，待出版诗集《千秋丝路》《三合园诗草》。

何义忠：甘肃岷县人，大学本科学历，高级工程师，长期从事水利水电工程的勘测、设计、施工与管理。中华诗词学会会员，甘肃省诗词学会副会长。

王传明：1959年2月生，山东省阳谷县人。兰州某大学文学院退休教师，中华诗词学会理事，甘肃省诗词学会副会长。业余创作诗词五六千首，印有诗词集《说梦录》《齐西野语》等。

朱殿臣：1961年出生，甘肃临洮人。现任甘肃省诗词学会副秘书长，中华诗词学会会员，中国楹联学会会员，临洮县诗词学会会长，其作品多次在省内外多家刊物发表，并先后获得第七届诗词世界杯中华诗词大赛特等奖、第十六届"天籁杯"中华诗词大赛金奖、"红船百年"全国诗词创作大赛特等奖。

杨克勤：1953年7月生于辽宁省沈阳市。兰州大学夜大汉语言文学专业毕业，自1986年起从事报刊编辑采访工作。原甘肃《新一代》杂志副总编辑。中华诗词学会会员，甘肃诗词学会常务理事、副秘书长。

李英俊：甘肃省临潭县人，离休干部。组建东陇诗社，任《山花集》主编。著有《临潭简史》《临潭县庙会民俗文化》《漫谈诗歌创作知识》《回首往事》。编印出刊了《东陇诗选》《山花集》，同时创作了大量诗词和"洮州花儿"（民歌），为临潭文化艺术事业的发展做出了积极贡献，名入《东方之子》《世界优秀人才大典》辞条之中。甘肃诗词学会会员。

李英伟：甘肃省临潭县人，长期从事司法工作。甘肃省诗词学会会员，东陇诗社编委。作品发表于《甘肃诗词》《甘南报》《东陇诗选》。著有《死亡线上的日记》《岁月如歌》。

何谋保：国家公职人员，爱好诗词写作，曾在甘南工作。

廖海洋：号仄庵，甘肃省甘谷县人，高级经济师。中华诗词学会会员，甘肃省诗词学会理事等。出版有诗词集《感冒集》和《平仄集》。

仇金选：甘肃省灵台县人，1989年毕业于兰州大学中文系，现供职于省直部门。甘肃省诗歌创作研究会理事，甘肃省楹联学会会员，甘肃省诗词学会会员。

周学辉：中国农业科学院兰州畜牧与兽药研究所副研究员，从事草地生态、牧草育种研究。从2018年7月起挂职担任甘肃省临潭县新城镇羊房村第一书记兼帮扶工作队队长。研习诗词十多年，担任中华慈善诗会、芳草诗画社、小渔村诗词曲赋学院嘉宾和点评老师，业余时间创作诗词作品数百首。

张俊立：甘肃临潭县人，临潭县档案局公务员。系甘肃民族师范学院特聘研究员，中华诗词学会、甘肃省诗词学会会员，曾任《甘肃诗词》副主编，现任洮州诗词楹联学会会长。编纂、出版有《味雪诗存校注》（清·陈钟秀著）、《洮州厅志校注》、《甘肃省历代诗歌选注·甘南卷》（合著）及《甘肃金石录·甘南卷》等，参编《黄河之都中华诗词楹联大赛获奖作品集》等诗词楹联集。自著诗集《迟庐吟稿》。

马锋刚：网（笔）名白贲无咎，甘肃省临潭县人，临潭县第一中学高级教师，中华诗词学会会员，甘肃省诗词学会理事，洮州诗词楹联学会第一任会长。

李　锐：网名文莱，甘肃临潭县人，临潭县税务局公务员。中华诗词学会、甘肃省诗词学会、甘肃省楹联学会会员，洮州诗词楹联学会副会长。曾获《格桑花》杂志2018年度优秀作品奖。

王林平：笔名（网名）溪流，甘肃省临潭县人，公务员。甘肃省诗词学会、甘肃省楹联学会会员，洮州诗词楹联学会副会长。

石文才：网名白云无声，甘肃省临潭县人，退休教师。中华诗词学会会员，甘肃省诗词学会会员，甘南州作家协会会员，洮州诗词楹联学会会员。曾荣获第二届"诗词世界杯"中华诗词大赛一等奖，第八届"義之杯"全国诗书画家邀请赛二等奖。

胡憬新：甘肃省临潭县人，临潭县人民政府公务员，中华诗词学会、甘肃省诗词学会会员，甘肃省楹联学会会员，甘肃省诗歌创作研究会会员，洮州诗词楹联学会副会长兼秘书长。

丁海龙：笔名古月星空，甘肃省临潭县人。临潭县融媒体中心职工，中华诗词学会、甘肃省诗词学会会员，甘肃省楹联学会会员，甘肃省诗歌创作研究会会员，洮州诗词楹联学会理事。出版诗集《虚尘》。

林彩菊：女，甘肃省临潭县人。系中华诗词学会、甘肃省诗词学会会员，甘肃省楹联学会会员，洮州诗词楹联学会理事、编辑。

李　凌：甘肃省临潭县人。曾供职于洮河林业局和甘肃省人民检察院林区分院，现已退休。甘肃省诗词学会、洮州诗词楹联学会会员。20世纪80年代起参加故乡乡贤成立的"东陇诗社"。

丁耀宗：笔名丁子，丁甲，甘肃省临潭县人。甘肃省诗词学会、甘肃省楹联学会、洮州诗词学会理事。

王旭光：网名天涯过客，甘肃省临潭县人。现供职于甘南州法院。甘肃省诗词学会、甘肃省楹联学会、洮州诗词楹联学会会员。

魏建强：甘肃省临潭县人，现供职于临潭县党政机关。甘肃省诗词学会、甘肃省楹联学会会员，洮州诗词楹联学会理事。

王玉喜：笔名胡杨，甘肃省临潭县人，临潭县第一中学教师。甘肃诗词学会、甘肃诗歌创作研究会、甘肃楹联学会会员，洮州诗词楹联学会理事。

吴世龙：自号千愚子，昵称晚来风，甘肃省卓尼县人，卓尼县党史县志办职工。甘肃省诗词学会、洮州诗词楹联学会会员。

胡新生：甘肃省卓尼县人，卓尼县民政局退休职工。甘肃省诗词学会、洮州诗词楹联学会会员，卓尼县书法美术协会会员。

徐　红：女，甘肃省卓尼县人，卓尼县第一中学教师。甘肃省诗词学会、洮洲诗词楹联学会理事。

李玉芳：女，笔名水墨女子，甘肃省临潭县人。洮州诗词楹联学会会员。甘南州和临潭县"非物质文化遗产剪纸传承人"。

卢丰梅：女，甘肃省临潭县人，供职于临潭县法院。洮州诗词楹联学会会员。

党春福：甘肃省天祝县人，供职于临潭县法院。甘肃省诗词学会、洮州诗词楹联学会会员，甘南州书法家协会会员。

赵辉煌：甘肃省庄浪县人，现执教于临潭县第二中学。甘肃省诗歌创作研究会、洮州诗词楹联学会理事。

何忠平：甘肃省舟曲县人，现就职于迭部县腊子口镇。甘肃省诗词学会、洮州诗词楹联学会、舟曲楹联诗词学会会员。

李广平：别署万山庐，笔名舟子，甘肃省临潭县人。甘肃省楹联学会青年委员会委员，洮州诗词楹联学会会员。

武　锐：甘肃省临潭县人，现供职于临潭县第一人民医院。甘肃省楹联学会、甘肃省诗歌创作研究会会员，洮州诗词楹联学会会员，临潭县洮州花儿协会会长，甘南州民间文艺家协会会员。

何子文：又名何志文，甘肃临潭人，2004年北京师范大学历史学院毕业。现居北京，供职于中国国家博物馆，从事近现代文物研究及征集工作等。

李湖平：甘肃省卓尼县人，供职于卓尼县融媒体中心。洮州诗词楹联学会会员。

窦玮平：甘肃省卓尼县人，供职于卓尼县教育局。中华诗词学会、甘肃省诗词学会、甘肃省诗歌创作研究会会员，洮州诗词楹联学会会员。

俞文海：甘肃省临潭县人，洮州诗词楹联学会会员。

李国祥：网名乡斋，甘肃省临潭县人。洮州诗词楹联学会会员。

牛喜林：甘肃省临潭县人，临潭县退休干部。洮州诗词楹联学会会员。

马换喜：甘肃省卓尼县人，现供职于卓尼县教育系统。洮州诗词楹联学会会员。

马贺平：甘肃省临潭县人。现任教于临潭县羊沙学区。洮州诗词楹联学会会员。

李金凤：女，笔名一帘幽梦，甘肃省舟曲县人。供职于碌曲县农业农村局，甘肃省诗词学会会员，洮州诗词楹联学会会员。

丁振平：笔名伊平，甘肃省临潭县人，供职于青海省达日县，洮州诗词楹联学会会员。

敏彦萍：女，甘肃省临潭县人，中华诗词学会会员，甘肃省诗词学会会员，甘南州作家协会会员，洮州诗词楹联学会会员。曾获甘南州"第四届格桑花文学奖"优秀奖，编辑出版《碌曲县志（1996-2010）》《中国共产党碌曲简史》，出版个人诗词作品集《碌曲行吟》。

包广德：甘肃省临潭县人，供职于临潭县投资与合作交流局。洮州诗词楹联学会会员。

胡文斐：男，甘肃临潭人，洮州诗词楹联学会会员，西安交通大学学生。

后 记

　　洮州衣冠源流可上溯秦汉，稼穑耕读自如洮河之水千秋不绝也。一至隋唐，文学教化即现繁荣气象：君不见"哥舒带刀"，出于西鄙人之吟咏；"词客侍座"，镌于八棱碑之铭文。可知洮州斯文一脉，见诸金石，载于文字者，自不迟于盛唐之际也。但洮州尚被古今无识者视为化外之地，岂不悲乎！

　　明代以降，洮州大兴卫学，教化遂盛，文士吟咏之作，屡见于史籍。洮州诗词楹联学会会长、临潭县原档案局张俊立局长搜集辑注清代洮州贡生陈钟秀诗集《味雪诗存》和赵维仁诗集《继园诗抄》，并与甘肃民族师范学院范卫平教授合编《甘南历代诗歌选注》，今人据此始可见上起先秦、下讫民国，特别是清代洮州诗文之概貌。

　　近年来在临潭县党委政府高度重视诗词文化建设的背景下，洮州诗词楹联学会兴起，格律诗词有蔚然成风之势。更借中国作协之大力扶持，诗人歌咏故乡、颂扬时代之作见于各方刊物，自不枉临潭"文学之乡"之美名。观此类作品风貌，虽参差不齐，但也遵循格律，讴歌乡土，礼赞时代。至于发乎情，止乎礼，出于中，形于外，皆难能可贵之"真性情"也！

　　应中国作协及作家出版社之盛情，临潭县文联会同洮州诗词楹联学会，将洮州前贤吟咏乡土之遗韵，今人讴歌时代之诗词，辑录成集，名之曰《诗词临潭》，权作各界一窥洮州文化之豹斑，和关注新时代临潭发展之窗口。

最后，借本书出版之机，再次对多年来支持临潭县诗词文化发展，关心洮州诗词楹联学会成长的中国作协和作家出版社，中华诗词学会和甘肃省诗词学会，以及在本书策划、出版过程中倾注了巨大心血的各位老师致以最诚挚的谢意！

编者于壬寅年秋

图书在版编目（CIP）数据

诗词临潭 / 崔沁峰主编 . -- 北京：作家出版社，2023.1
ISBN 978-7-5212-2096-4

Ⅰ . ①诗… Ⅱ . ①崔… Ⅲ . ①诗集 – 中国 – 当代
Ⅳ . ①I227

中国版本图书馆 CIP 数据核字（2022）第 207164 号

诗词临潭

主　　编：崔沁峰
执行主编：敏奇才　胡憬新
责任编辑：李宏伟　秦　悦
装帧设计：薛　怡
封面题字：周文彰
出版发行：作家出版社有限公司
社　　址：北京农展馆南里 10 号　　邮　　编：100125
电话传真：86-10-65067186（发行中心及邮购部）
　　　　　86-10-65004079（总编室）
E–mail:zuojia@zuojia.net.cn
http://www.zuojiachubanshe.com
印　　刷：河北京平诚乾印刷有限公司
成品尺寸：152×230
字　　数：256 千
印　　张：23.5
版　　次：2023 年 1 月第 1 版
印　　次：2023 年 1 月第 1 次印刷
ISBN　978-7-5212-2096-4
定　　价：72.00 元